あの日の風を描く

愛野史香

角川春樹事務所

〈目次〉

第一章　ボロボロの家宝　4
第二章　消えた鳥　51
第三章　風の出所　92
第四章　修復と模写　149
第五章　二本目の筆　193
終　章　花鳥図　226

画　田中海帆
装幀　名久井直子

あの日の風を描《えが》く

第一章　ボロボロの家宝

一

唾《つば》を吐き掛けられた。自分以外、誰《だれ》もいない部屋だ。

鉛筆を握る右手の甲に、小さな雫《しずく》がへばり付いている。驚いた稲葉真《いなばまこと》は、すぐさま頭上を振り仰いだ。

『二〇二五年五月八日』昼下がり。

開いたA3サイズのスケッチブックの余白に、今日の日付を記した直後だった。目に飛び込んで来た光景は、何の変哲もない自室の一角だ。夏の到来を感じさせる暑さに辟易《へきえき》して、冷房を点《つ》けていた。どうやらエアコンのルーバーに付いた水滴が、風に乗って飛んできたらしい。

スケッチブックに目を戻すと、デッサンの上にも落ちている。フローリングの上に横たわる水入りのラベルレス・ボトル。そのデッサンの湾曲部に、水滴がちょこんと丸く載っかっている。

突如として現れた立体的な一滴のせいで、一時間かけて生み出したものの空疎さに気付かされた。ペットボトルと水の『透明』を意識して描《か》いたつもりが、まったく描けていない。唾棄《だき》されても仕方のない出来だった。

真は描き終えたばかりの一枚を千々に破り、床に叩《たた》きつけた。固まった首を斜め後方に傾けると、大儀そうに骨が鳴った。

京楽《けいらく》造形芸術大学の油画科を休学中の真の右手は、今や些細《ささい》なきっかけで簡単にスイッチがOFFになる。三ヶ月前までは毎日、日がな一日、制作していたが、現在では月に数枚スケッチブックにデッサンするのみだ。

これでもう、今日はやることがなくなった。先月、映画館のバイトを辞めたので、決まった曜日に外出する習慣もない。尻《しり》に敷いていたクッションを枕《まくら》に寝転がる。

シミ一つない六畳一間の天井には、小雨が打つ窓から弱い陽光が射《さ》し、白と影の薄いグラデーションが波打っている。

両手の親指と人差し指で長方形の枠を作り、エアコンと天井、シーリング・ライトが入る画角を探す。

（――見つけた。タイトルは『底辺の視界』）

クソダサイな、と自嘲《じちょう》した瞬間、スマホの通知音が続けざまに三回、鳴った。指を解《ほど》いて、手探りでスマホを摑《つか》む。画面を見て、本体が軋《きし》みそうなほど指先に力が入った。メッセージの送信者は、高校の同級生である上元颯太《かみもとそうた》だった。

だが、アイコン上の件数を示す赤丸の中の数字は四で、三十分前に従兄《いとこ》の稲葉凜太郎《りんたろう》からも一通、入っている。

二時に行く、とだけ簡潔に書かれた内容に既読をつけて、時刻を確認する。とっくに午後二時を回っていた。

突然、部屋の扉が勢いよく開いた。

「来客を無視して昼寝か？　てか、部屋、汚いなあ。お前含めて作品みたいになってんで。写真、撮ったるわ」

「やめろ！　誰が作品の一部やねん！」

真は慌てて立ち上がった。母は律儀に思春期時代の約束を守って、真が返事をした後でなければ扉を開けない。だが、凜太郎は毎度、無作法に侵入してくる。

「家に来る時は前もって教えて、って何度も言ったやろ。夜勤明けで昼間に母さんが家におる時もあれば、おらん時もあるんやから」

真の母・稲葉静子《しずこ》は、京都市内の救急病院で看護師として働いている。先月の誕生日で四十七歳になった。

「何を言うとるん。ちゃんと連絡したやろ。今日は叔母さん、家にいてはったんやから、言っといてくれな困るやん。また突然訪問したみたいになった」

これで悪気がない。真より九歳上の三十路《みそじ》の凜太郎は、親しい間柄に対してのみ、かなりの横着ものになる。相手が歳下《としした》であれば余計。

「直前の連絡はしてないのと同じだよ。でも、何で来たん？　木曜の昼間だよ。仕事は？」

京都市内に本社アトリエを構える奥村《おくむら》美術研究所の職員である凜太郎は、五年前まで頻繁に真の父に会いに来ていた。古典模写制作者だった父に憧《あこが》れ、自身も日本画専攻で美大を卒業している。

だが、父が五年前に中国の石窟《せっくつ》壁画調査中の事故で他界してからは、訪《おとな》う頻度も減って、年に数回、顔を見せる程度だった。

カーキのポロシャツに黒のパンツという普段着姿の凜太郎は、真の問いに答えず膝《ひざ》を曲げ、真が破り散らかした紙屑《かみくず》を拾った。父方の親戚《しんせき》はやや垂れた眸《ひとみ》の形をしている者が多く、凜太郎にも例に洩《も》れず遺伝している。その目を細めて、デッサンの片鱗《へんりん》を見ようとした。

「ゴミ集めは母さんだけで間に合ってるよ」

真はむっとして、素早く紙片を引《ひ》っ手繰《たく》った。次いで、床に散らばっている残りを掻《か》き集める。

「人間、生きとるだけでゴミが出るもんなあ。スケッチブックばっかり薄くするぐらいなら、公募用の絵でも描いたらどうや」

安堵《あんど》とも呆《あき》れともつかぬ曖昧《あいまい》な溜息《ためいき》が、真の丸まった背に落ちる。いつまで休学するつもりなのか、と言外に訊《き》かれた気がした。

「とてもじゃないけど、そんな気力ない。用がないなら出て行ってくれる？　リビングに行けば、母さんが手作りのシフォン・ケーキを出してくれるよ」

冷たく言い捨て、真は集めた紙片をゴミ箱に捨てた。

充実した一年目の休学期間も、二年目の今や、ゴミを増やすだけの日々に変わった。

三回生への進級時に決めた休学は、高校の同級生と組んだバンド《Pintas《ピンタス》》の活動に専念するためだった。

バンド演奏に合わせたライブ・ペイントや配信用の動画編集、ジャケットやグッズ制作など、人気が高まるに連れてやることは多くなり、真はメンバーの一員として充実した日々を送っていた。だが、メジャー・デビュー時に、真だけがメンバーから外された。現在ではWikipediaの旧メンバー欄にＭＡＫＯＴＯ（Painter）として名前があるのみ。

「そんな不機嫌にならんで。反抗期はお前の高校生の時で腹一杯やねん」

立ち去る気配のない凜太郎を、思いっ切り睨《にら》む。いくら凄《すご》んでも、凜太郎は威嚇《いかく》するチワワを愛《め》でるみたいに微笑《ほほえ》んでいる。

真の風貌《ふうぼう》は、まさに白いチワワを擬人化したみたいだった。身長は百七十六㎝あるが、色白で痩軀《そうく》。骨には画材の運搬に困らない程度の筋肉が、薄く張り付いている。迫力がなければ、愛《あい》嬌《きよう》もなく、存在感も薄い。地味以外に特筆すべき特徴がない。

だが、真はかつて油画科の同級生だった美人から「私より可憐《かれん》ってどういう冗談なの？」と難癖を付けられた経験があった。『ひ弱』だったら甘んじて受け入れたが、『可憐』だったのでずっと根に持っている。

「仕事に協力してほしくて来たんや。ちょっくら助手してくれん？　どうせやることないやろ」

暇であるのは事実だが、面と向かってはっきり言われると癪《しゃく》である。

「部外者の手を借りなきゃいけないほど奥美は人手不足なの？　泣けるね」

「職場がやってるボランティアみたいなもんなんやけど、他に割ける職員がおらんくてなあ。絵を描ける人手が欲しいんや。お前、打ってつけやん」

凜太郎が満面の笑みで真の肩に手を置く。

真は苦々しげにその手を払った。

「描くしか能がない人間だけど、修復のスキルはないよ。画材を運んだり、指示された通りに塗るぐらいしか役に立たない。それでも良いならギャラはいくら？」

「つべこべ言わんで、さっさと行くで。子細は行きながら話す」

半ば強引に連れ出された。

奥村美術研究所は、国宝や文化財の保存修復と復元、絵画や建造物の彩色などを主な業務内容としており、凜太郎はそこの彩色師として彩色復元に多く携わっている。剽軽《ひょうきん》な男だが、筆を持てば目を瞠《みは》るほど繊細《せんさい》に色を操る。

真は雨に肩を濡《ぬ》らしながら車の助手席に座った。職場の車ではなく凜太郎のトヨタＣ－ＨＲだ。

エンジンが掛かると、古いiPodを接続したカー・ステレオが聴き覚えのある曲を流し出した。

「Pintasのインディーズ時代の曲じゃん。聴いてたんだね」

iPodの画面には、真が高校一年生の時に描いた作品が表示されている。龍に乗ったVocalの上元颯太を二次元イラストにデフォルメし、日本画風に仕上げたものだ。

——日本画っぽく見えれば日本画だ。元来定義があやふやなまま定着したジャンルだ。ジャンルへの拘《こだわ》りが薄い作家も多い。

当時、亡き父の言葉を参考にした。真が初めて日本画的要素を意識して描いた絵だ。和風の雲と金箔《きんぱく》を想起させる金色の背景は、日本画っぽさが伝わりやすい。

「日本人の身体《からだ》が自然と乗る曲よなあ。まだ売れる曲って感じはせえへんけど、作りたくて作ったからみんな聴いて！　ていう若いパッションが伝わってくる。真の画《え》も、未熟さや青臭さが曲とよお似合《にお》うとる」

「そりゃあ、同い歳の颯太の熱に当てられて描いたやつだからね」

凜太郎の悪気のなさが疎《うと》ましく、真は音量を下げた。声変わり後の不安定な歌声がカクッと消える。

「颯太は天才だよ。レーベルの人に人気の地力は颯太の音楽センスにあって、絵を使って音楽を視覚的に楽しむコンセプトにあるんじゃない、って否定された。今なら納得できる。俺《おれ》は凡人で、いなくて良い人間だった。やっぱり業界人の目は正しい」

「僻《ひが》んではるねえ。お前がバンド・メンバーに戻る日は来んやろうに。ただ無為に時を過ごして、いつまでそこに留《とど》まっとるん。修復してくれる誰かを待っとるんか？」

真は口を閉ざして、スマホを開いた。

真に返答する気がないと分かると、凜太郎は白けたように軽く笑ってハンドルを切った。

颯太からの連絡は、六月に大阪で開催される野外音楽フェスに参加するので観《み》に来てくれという招待だった。高一の時にみんなで行ったよな、と懐かしい思い出も添えられている。

眩《まぶ》しい記憶がみるみる蘇《よみがえ》って胸を刺した。梅雨《つゆ》入り前の抜けるような蒼穹《そうきゅう》の下、いつか俺たちもこの舞台に立ちたい、と語り合ったこと。

真は返信を保留して、スマホを尻ポケットに仕舞った。思い出の青空に灰色の雲が重く垂れ込め、雨がしとしと降っていた。気温が幾分下がって肌寒く、濡れそぼった心が冷えている。

車窓越しに聞こえるくぐもった雨音は、あの日、灼熱《しゃくねつ》のアスファルトの上を走る颯太らの靴音みたいだった。真を乗せた車は彼らと反対方向に走行し、泥水を跳ね飛ばしながら過去から遠ざかる。

世界は曇天を薄く溶かしたような灰色に煙って、薄暗かった。瓦《かわら》屋根や道路、歩道に浮かぶ色とりどりの傘も、雨に打たれて色濃く見える。素材に水が染みているというより、それら自体が古びた絵具のようだった。

真は雨に霞《かす》む京都の街並みをぼんやり眺めながら、シートベルトに囁《ささや》いた。

「美大ってさ、何者かにならなきゃいけない独特の強迫観念に満ちてるじゃん。バンド・メンバーだった頃《ころ》の俺は『MAKOTO』っていう立派な作家になった気でいて、無様に足掻《あが》く他の美大生とは違う、って優越感に浸ってた。颯太の人気にあやかってただけなのに、とんだ思い上がりだよね」

メンバーから外された後、真は『MAKOTO』名義のまま個人で制作を続けた。自分の作品は颯太の音楽同様、世間に認められるべきものであり、自力で稼げる事実を示したかった。だが、現実は甘くなかった。

初めはファンだと言って作品を買う客がいたが、売上はひと月で大幅に落ちた。SNSでバンド絡みの呟《つぶや》きはできなくなり、次第に作品を投稿しても、ほとんどスルーされる零細アカウントに成り下がった。上辺だけの応援は真をとことん蔑《さげす》むクソリプに埋もれた。

そも《Pintas》の音楽好きに知られていたのだ。アートだけになった真に感興を抱き続ける人間が何人いただろう。

《Pintas》のデビュー曲のジャケットは、知らないプロのデザイナーが制作した。真が確立したイメージデザインは一新され、真の《Pintas》関連の作品はすべて削除された。尊大な改竄《かいざん》によって闇《やみ》に葬られた真のアーティスト人生は、どこまでも続く下り坂だった。

とことん気が滅入った。己の無力感と他者が押し付ける価値観に抗《あらが》えなかった真は、ついに『MAKOTO』の名とSNSを手放した。

「復学してもプロになれる気がしない。自主退学しようか悩んでる。……ほんっと、クソダサくて、嫌になる」

脱退させられてからずっと先が見えない不安に苛《さいな》まれている。消耗してもなお鉛筆にしがみ付く絵描きの性分が、己を惨めにさせる。

「プロになれるかどうかはさておき、退学せんでええやん。まずはやりたいことを見つけるとか、卒業するとか、そういった目の前の実現可能な目標を一つずつ達成していこうや。そのほうが、時間も、エネルギーも無駄にせん。うだうだ家の中で考えるより、よほど生産的やろ」

凜太郎の安穏とした物言いに、向かっ腹が立った。

「挫折《ざせつ》を知らん人間が簡単に言うなよ。どうせ俺は親を超えられない。だったら、別の道を考えたほうが現実的だろ」

反応がない。信号が赤に変わり、会話が車とともに静止する。

父に憧れていた凜太郎がどう受け止めたかを思惟《しい》して、胸の内に暗い影が差した。

凜太郎は、真が心境を吐露できる数少ない大人だ。明け透けにものを言うが、悪気はなく、周りが真に向けるような好奇や憐《あわ》れみも寄越《よこ》さない。顔を合わせれば、いつだって兄のように心配し、父のように見守ろうとしてくれる。

親とは別の絶対的な信頼が、凜太郎に対してあった。簡単に壊して良い関係ではなかった。

だが、この時の真は、咄嗟《とっさ》に言い繕える言葉を持ち合わせていなかった。無言で、車窓を斜めに流れる雨滴を目で追い続けた。

特別長く感じた赤信号が青に変わる。車が動き出し、凜太郎の唇も動いた。

「焦らんでええと思う。とりあえず、今年度まで休学したらええやん。頼んだ助手も長期になるから、バイトを増やされるのも困るし」

寝耳に水だ。思わず真の背がシートから浮いた。

「今日だけで終わる手伝いじゃないいん⁉」

「半年以上は掛かるやろうなあ。車中で事情を話す言うたけど、もう着くから後でな。十五時に打ち合わせの予定なんや」

真は行き先を聞いていなかった。気も漫《そぞ》ろで、車窓に映る景色もちゃんと見ていない。そういえば、なんだか、見覚えのある建物ばかりのような……。

てっきり奥村美術研究所のアトリエに行くと思っていた車は、予想を裏切り、京楽造形芸術大学の駐車場に駐《と》まった。

二

京都市左京区にある標高三百一ｍの低山の斜面に、京楽造形芸術大学――略して楽芸はある。

面積が京セラドーム二個分の構内には、十二の学科棟や大学院棟の他、図書館や売店を含む本部棟、食堂、教員や学生、国内のアーティストの作品を展示する美術展示ホール、大学所蔵のコレクションを展示する博物館、現代演劇やダンス、歌舞伎《かぶき》を上演できる劇場が点在する。

真は構内の全施設に足を運んだ経験があるわけではなかった。だが、正門前の大階段だけは、全学生が必ず登る。この季節、名物の大階段には、常盤木落葉《ときわぎおちば》の絨毯《じゅうたん》が敷かれている。

真は今年の三月に休学継続の申請をしにきて以降、一度も構内に足を踏み入れていなかった。これといって他に用がなく、売店に画材を買いに行くこともなかったからだ。

小雨の中、ビニール傘を差して凜太郎と連れ立って歩く。

凜太郎が仕事で大学に来たとなると、文化財保存修復関係だろう。数ある学部学科の一つに、歴史文化学や考古学、文化財保存修復・文化財科学を専門的に教える学科がある。東洋書画や古写真、仏像、漆工芸、庭園など、京都の歴史遺産や各種文化財に触れて、修復技術を修得する。

「他所《よそ》の学科に行くの初めてだ。颯太たちと連《つる》んでばかりだったから、美大の友達がいなくて、邪魔する機会がなかった」

「寂しいねえ。バンドマンってだけでモテるんやから、学科に一人ずつ彼女がおっておかしゅうないのに、なーんで一人もおらんの」

「その認識は間違ってる。モテるバンドマンは楽器が弾《ひ》けるんだ。あいにく俺は、楽器の絵は描けても、演奏はできない。それに、ここには目が肥えた人間がゴロゴロいて、俺の絵に心を動かされる物好きはいないんだ」

「じゃあ、お前の左目の泣き黒子《ぼくろ》に心動かされた女の子もおらんかったんか？」

「残念ながら、まだ出会えてない。この泣き黒子が人生で役立ったのは一度きり。入試の一次実技で自画像を描いた時だけだ。さながら光明を放つ仏の白毫相《びゃくごうそう》のように尊く描いたおかげで合格した」

「そりゃ泣き黒子も職分を全うしてはるなあ」

談笑しながら構内を十分ほど歩いた辺りで、凜太郎が立ち止まって傘を閉じた。足元には、雨に打たれた空木《うつぎ》の白い花が疎《まば》らに散っている。

煉瓦《れんが》色《いろ》の玄関階段の前で真も足を止め、眼前に聳《そび》える三階建ての建物を見上げた。

「油画科は白いモダンな建物だけど、ここは、いかにも殺人事件が起こりそうな、レトロな雰囲《ふんい》気《き》のある建物だね。ここが保存修復科？」

「正確には、大学院や。文化財保存修復専攻・保存修復日本画研究室」

文化財保存修復専攻は、保存修復、保存科学、システム保存学の三分野に分かれており、保存修復研究領域はさらに、日本画、油画、彫刻、工芸、建造物の五つに分かれている。

「その名の通り、日本絵画の模写や修復、表具《ひょうぐ》の仕立てをするところなんや。保存修復科でせんような障壁画《しょうへきが》の模写は、ここでする。僕や叔父さんみたいな人間を育てる場所やね」

真は幼少期に古典模写制作者だった父に連れられて、頻繁に寺院や美術館を巡っていた。小学校中学年ぐらいまでは、父に腕を引かれるがまま同行した。凜太郎が一緒だった時も多々あった。

鑑賞はすべて父の解説付きだったが、幼かった真には難しくてつまらなかった。父の声は抑制的で、繋《つな》いだ手から父のぬくもりが全身に流れ込んで眠くなった。だが、行けば必ず、真の好きなアイスクリームやハンバーガーを買って食べさせてくれた。それがなによりの楽しみだった。

こうした幼少期のおかげで、日本画の知識も、からきし興味がない人間よりはある。

真が父より友人を優先するようになってからも、別段、父との仲は悪くなかった。放任主義の父は寡黙《かもく》で、真が日本画に関心を寄せずとも一向に頓着《とんちゃく》しなかった。

もし父が生きて真の現状を目の当《ま》たりにしたら、何か言っただろうか。休学費もタダじゃない、と小言の一つは言ったかもしれない。親なのでそのくらいは言ってほしい。

だが、車中で凜太郎としたような踏み込んだ言い合いは、あまりした経験がなかった。そも互いを理解し合えていなかったので、言い合いにならない。

父に思いを馳《は》せるとき、決まって悼む気持ちを縁取るように、父を惨めに思う感情が湧《わ》く。

父は、真が物心つく頃に日本画の個人制作をしなくなり、古典絵画の模写や自然科学調査等の日本画研究にのめり込んだ。自分の作品作りはそっちのけで、他人の古い作品にばかり時間を割いた。挙げ句の果てに、大昔の異国の誰かが描いた壁画を見に行って、土砂に埋もれて亡くなった。遺作があったならまだしも、遺《のこ》した物は、故人の作品についての研究ばかり。……一生、理解できる気がしない。

「案山子《かかし》みたいに突っ立ってないで、早《はよ》う入れ」

不意に、凜太郎に呼ばれて、真は我に返った。心を乱しつつも、建物の中に入る。凜太郎は勝手知ったる研究室の二階に上がり、突き当たりにある一室の扉をノックした。

返事がない。

「約束の時間は間違えてへんはずやけど」

凜太郎が再び叩く。今度はすぐに間延びした男性の声が後方から聞こえた。

首を巡らせると、ピンクのハンカチを手にした中年男性が悠然と歩いてくる。

「ごめんごめん、トイレに行っていた。どうぞ、中に入って。鍵《かぎ》は開いているから」

「失礼します」

凜太郎が灰色の扉を押し開ける。

入りしな、真は扉横にある『人見《ひとみ》』と書かれたプレートを一瞥《いちべつ》した。

「その子が例の助手かい？　よく来たね」

男性が真の顔をしげしげと眺める。口ぶりから素性は知られているようだ。

「真、こちらは人見奎《けい》教授。僕の恩師や。現役の日本画家で、大学では、この研究室と日本画科の指導をしておられる。他大の講師や個展もしてはるから、何かと忙しい先生や」

紹介を受け、人見が柔らかく微笑む。

歳の頃は、五十代後半。百八十㎝を優に超える細身の長身で手足が長い。短く整えられた黒髪に白髪が数本、交じっている。くっきりした二重と涙袋に挟まれた眸は黒目がちで、吸い込まれそうに濃く、画壇に立つ者に特有の奔放さと静けさがある。

「初めまして。以前、真君のお父さんと一緒に模写事業に携わったことがあります。お父さんのことは、残念でした。傍《そば》で人一倍模写に一途《いちず》な姿勢を拝見して、私は模写の素晴らしさと現代に生まれた幸福に気付かされたのです。本当に惜しい方を亡くしました」

はあ、と怪訝《けげん》な声が零《こぼ》れた。

(意味が分からない。現代に生まれた幸福?)

文化財や国宝を守るやりがいはあっても、模写ばかりして得られる幸福があるとは、思えない。現代作家としての知名度がないに等しい父の人生を、真は徒労に終わったと確信している。

「真君は油画科と聞いていたから関《かか》わりはないと思っていたけど、これも縁だね。協力ありがとう。これから、よろしくお願いします」

右手を差し出され、真は身を竦《すく》めた。人見の太い指先が絵具で汚れている。年中、爪の周りに岩絵具が染み付いていた父の手に、そっくりだ。

「俺は父と違って、模写のことは分かりません。助手として連れて来られましたが、足手纏《あしでまと》いになると思います」

拒むように右腕を抱き寄せる。気まずい沈黙が落ちた。

「身構えなくていい。知った上で君の参加を認めた。私は、見苦しくなったものの中からでも、綺麗《きれい》なものが見つかることを、知っています」

教師然とした清《さや》かな声が、ささくれた心にすんなり染み入る。視界から人見の右手が消えた。たちまち忸怩《じくじ》たる思いに身を貫かれた。己の中に父の面影を探されて、不快に感じた。それを人見に見抜かれ、己の未熟さを許容された。

「失礼な物言いをして、すみませんでした」

意地を張る所ではないと察知した真は、真摯《しんし》に頭を下げた。

「立ち話もなんやし、椅子《いす》を持ってきます」

凜太郎が爪先《つまさき》を扉に向ける。

「待ちなさい。椅子なら、この室《へや》のどこかにある」

雑然とした八畳一間の教授室には、デスクと本棚、大量の古画のコピーや画材等が、壁側に寄せて置かれている。

真と凜太郎は室内からパイプ椅子を二脚、探し出して、デスクと向かい合わせに並べた。デスクチェアに座った人見の背後の壁には、ブラインドが下ろされた窓がある。ブラインドの角度が垂直に調節されているだけでなく、窓硝子《まどガラス》との隙間《すきま》が生じないように、さらに小型のレンガ・ブロックが三段五列に積まれている。外から見上げたときに見えた窓も、すべて同じようにブラインドが下りていた。作品を守るために、全館紫外線が一切入らない工夫が施されている。

「真君は、『日本絵画』と『日本画』の違いを知っているかな？」

大学では他科の学生が授業に潜り込んでも、目を瞑《つぶ》る教員は多い。その磊落《らいらく》に質問する様は、人見もその一人だと容易に確信させた。

「そのくらいは知っています。江戸時代が終わるまでの絵画が『日本絵画』で、日本の伝統的な画材と技法を用いて描かれた明治時代以降の近代絵画が『日本画』ですよね」

「その通り。今日は、ある日本絵画の受託研究のために、二人に来てもらいました。――では、日本絵画史上最大の絵師集団は、どうかな？」

「狩野派《かのう》」

と、即答した。

「あまりに有名だね。日本史の教科書にも載っている」

人見が愉快そうに喉《のど》を鳴らす。

「なら、何人か名前を挙げられるよね」

真はすぐに五人の名前を挙げた。

「狩野正信《まさのぶ》。永徳《えいとく》。山楽《さんらく》。探幽《たんゆう》。……芳崖《ほうがい》は、日本画家か」

「そうだね。芳崖は家督を継いだ年に幕府が亡《ほろ》びて、狩野派の絵師から明治の画家になった人です。でも、思ったより名前が出たね」

凜太郎が大袈裟《おおげさ》に首を振って、感心したように頷《うなず》く。

そのくらいは出るよ、と内心かなり呆れながら、真は頬《ほお》を掻いた。

「じゃあ、今挙げてくれた四人の中で、『画壇の家康《いえやす》』と称された人は、誰かな？」

まるで授業のように質問が続く。

「江戸狩野派の祖である探幽です。……まさか、探幽絡みの受託研究ですか⁉」

「違うよ。ついでに言うと、狩野の系図には載っていない絵師です」

すげなく否定され、浮き立ちかけた心がすーっと冷めた。今までの流れは何だったんだ……。

「でも、探幽の血縁ですよ。私も、驚きました。まさか近所に、あんなものが残っていたとは。持ち込んできた方の依頼内容も、ユニークなんです」

いかにも面白くて堪《たま》らないといった風に、人見の笑窪《えくぼ》の影が濃くなる。久しぶりにわくわくしている人の笑顔を見た。

「対象は、目垢《めあか》のついていない襖絵《ふすまえ》です。真君に、その模写制作のお手伝いをしてもらいます」

三

よりにもよって模写制作か……。真はやや気後れしつつ、自身の過去を振り返った。

油画科でも二年次に模写の授業があった。フレスコとモザイクである。どちらも油画より古い描画法だ。

フレスコは壁に直接絵を描く絵画技法の一つで、ルネサンス期のラファエロの『アテナイの学堂』や、ミケランジェロの『最後の審判』が有名である。

モザイクは絵具を使用せず、大理石や陶磁器、貝殻などの小さな破片を組み合わせて絵を表現する。使える色は素材によって限られるが、耐久性が高く、数千年前の作品でも鮮やかな色を保つ。

影響を受けた作家の作品を模写するのは基本的な修業の一つで、真もフレスコの授業ではラファエロの作品を模写した。

だが、外部から委託される受託研究の模写は、授業で行う修業のための模写と違い、保存のために行われる。美術館や博物館、寺社からだったりと依頼主は様々だが、依頼物は大抵、すでに評価の定まった作品だ。

ところが、その受託研究に、目垢のついていない襖絵が持ち込まれたという。令和の京都で新たに発見された作品があるとは、俄《にわ》かに信じ難《がた》い。しかも作者は、日本きっての天才画家・狩野探幽の血縁者である。なぜ今まで人の目に触れずにいたのか。

狩野派の系図に名前がない理由と関係しているのだろうか、と、真は膨らむ好奇心を抑えられずに尋ねた。

「人見先生。探幽の血縁なのに系図に名がない理由は、別流派の門弟になったから、ですか？」

「いいえ、そうではないよ。他に思いつくかな？」

真は暫《しば》し黙考し、顎下《あごした》に宛《あ》てがった指を離した。

「名を奪われた……？　確か、葛飾北斎《かつしかほくさい》は勝川《かつかわ》派を破門されて、名を改めたとも言われている。

その人も、破門されて狩野を名乗れなくなった、とか？」

「惜しいね。その人が破門されたのではなく、その人のお祖父《じい》さんが破門されています。狩野派を破門された絵師は数人いますが、名前が出てくるかな？」

真は首を横に振り、隣にいる凜太郎を見た。

「実際に破門された人がいたんだね。凜太郎君は知ってた？」

「そりゃあ知っとるわ。探幽門下四天王の一人で、探幽の姪《めい》を嫁に貰《もろ》うとる」

「そんな実力者が、どうして破門されたの？」

人見がデスク上のパソコンの向きを、真に見やすい角度に変え、画面を指す。水墨画に部分的に着色された墨画《ぼくが》淡彩《たんさい》が表示されている。

「これは、その方の作品で、国宝に指定されている『納涼図屏風《のうりょうずびょうぶ》』です」

「探幽門下の作品だったんですか⁉　江戸狩野派といえば、二条城《にじょうじょう》の絢爛《けんらん》な障壁画のイメージでした。でも、これは真逆の素朴さですね」

「そうだね。探幽の画風と一味違うこの素朴な趣きが、彼の売りでした。農民風俗を好んで描き、当時の江戸方面では、探幽より上手《うま》いと評判だったそうです。名は、久隅守景《くすみもりかげ》」

農民の家族が、夕顔棚の下でどこか遠くを眺めている。寝転がる旦那《だんな》に寄り添う妻と幼子。精《せい》緻《ち》な描写はなく、模写は難しくないように見える。

だが、団欒《だんらん》する三人の穏やかな表情には、一目で記憶に刻まれる不思議な引力があった。真が同じ構図を描いても、この力は引き出せないだろう。

「破門されるほどの何をやらかしたんですか?」

「本人は何もやらかしてないよ。守景には二人の子供がいて、二人とも探幽に師事していました。ですが、一人は吉原《よしわら》通いのせいで破門され、その後も罪を犯して流罪。もう一人は、恋人と駆け落ちしています。彼らの不祥事のせいで、守景自身も破門されたんです」

「破門されとらんかったら、おもろい伝記が残っとったやろうになあ。俠客《きょうかく》やったっちゅー逸話があるくらいやし」

真は呆気《あっけ》にとられた。一瞬にして、目の前の屛風絵が皮肉に彩られる。家族四人で平穏に暮らしていたのは、いつまでだったのか。

「じゃあ、襖絵の絵師は、どっちの子供なんですか?」

「駆け落ちした子のほうです。襖絵の作者は、守景の孫娘になります」

「女性なんですか⁉」

素《す》っ頓狂《とんきょう》な声が出た。凜太郎が眉《まゆ》を顰《ひそ》める。

「ンな驚くことでもないやろ。北斎の娘は有名やし、西洋にも女流画家はおるやん」

「それは、そうやけど……」

日本の葛飾応為《おうい》は、江戸時代後期を代表する女性の浮世絵師《うきよえし》で、フランスのエリザベート゠ルイーズ・ヴィジェ゠ルブランは、十八世紀で最も有名な女流画家だ。真もすぐに名前が浮かんだ。

唇を尖《とが》らせながら言葉を継《つ》ぐ。

「だって、有名な狩野派の絵師は男性ばかりやし、てっきり襖絵の絵師も男性だと思ったんだよ」

「なるほど。江戸時代は女性の画家が多く活躍した時代でもあります。その数は六十人以上で、狩野派にもいたらしいですが、これが案外、知られてないんですよね」

残念そうに人見が答え、なめらかにキーボードを打つ。

東京の黒田《くろだ》美術館のホームページが開かれ、収蔵作品のうち古美術の作者別検索のカ行が高速でスクロールされる。滝のように数多《あまた》の狩野の名が流れた。

「とりわけ有名なのが、駆け落ちした守景の娘です。名は、清原雪信《きよはらゆきのぶ》。……あった、これだ」

人見が『花鳥図屏風《かちょうずびょうぶ》・清原雪信・江戸時代』をクリックする。

(女の人だったのか。知らなかったら男だと勘違いする号だ)

真は信じ難いものを見る目で、画面を注視した。

「少しぼやけていますね。もっと鮮明な画像があれば、そっちを見たいです」

人見が頷いて、本棚から図録を引っ張り出した。

「雪信の遺作の多くが掛軸で、この中屏風のような大画面の作品は珍しいんです」

開かれたページに『花鳥図屏風』の全貌《ぜんぼう》が載っている。

刹那《せつな》、図録から鳥の囀《さえず》りが聞こえた気がした。

「上品な六曲一双やなあ。余白や線質から、探幽の教えに忠実なんが分かる。父親の放胆な墨使いも、こういった木に上手く溶け込んどる」

凜太郎の指先が、隆々とした松の幹を撫《な》でる。つつ、と紙を擦《こす》る音が、ささやかな松籟《しょうらい》のよう。

「探幽や守景と違って、女性らしい柔らかさが全体的に感じられるね。この三羽は燕《つばめ》かな。雉子《きじ》のポーズも独特で存在感があるのに、単純そうに描いてるから、諄《くど》くない。どんなタッチをしたら、こんな風に柔らかくて硬い羽の質感を想起させる表現ができるんだろう」

実物を見たい。こんな小さな写真ではなく、肉眼で線の雰囲気を捉《とら》えられる近さで拝みたい。おそらく印刷や画像には出ていない魅力が潜んでいる。

だが、好奇心と同時に、恐怖心が首を擡《もた》げた。真が日本画科を選ばなかった根底にある畏怖《いふ》だ。日本絵画を日本絵画たらしめる、古《いにしえ》の画家が持つ底知れぬ描写力。日本画科の受験においても、描写力は第一に求められる基本的要素である。

父親が好きだった円山応挙《まるやまおうきょ》も、真は苦手だった。余分な線が一切なく、対象の本質を見抜いて写実している。追求された実物写生によって生み出された傑作のリアルさは、落語『応挙の幽霊』になるほどに有名だ。

いったい、何歳から、一日何時間、筆を握っていたのか。恐るべき執念で磨かれた力量を前にすると、画家としての覚悟の差を痛感させられて目を背《そむ》けたくなる。

「雪信が狩野派随一の閨秀《けいしゅう》画家として有名だったのに対し、二人の娘は、まったくの無名です。

遺作が、ほぼ残っていません」

真は密《ひそ》かに喉にこびりついた息を吐き出し、顔を上げた。

「娘は二人、いたんですか？」

「一人は遺作が三点知られる清原春信《はるのぶ》です。ですが、今回の襖絵の作者は、もう一人のほうです。現在、確認できる遺作は、襖絵の他にたったの一点。雪信との合作です」

「その合作の号と襖絵の号が、同じやった」

凜太郎が人見に目顔で促す。

「黒田美術館に、長年、清原雪信の研究をされている学芸員の方がいます。ご協力いただいて、メールで画像を送ってもらいました。ここ、見えるかな」

パソコンの画面は、新たに掛軸に変わっている。樹木に小禽《しょうきん》が止まる情景が描かれた一幅だ。人見がカーソルを動かしてくるくる囲むのは、樹木の傍に書かれた号だった。

——平野《ひらの》雪香《せっか》。

着色された小禽の傍には、『清原氏女雪信筆』の署名と朱文の落款《らっかん》がある。

「雪信の一字を継いでいますね。平野という苗字《みょうじ》は、どこから？」

「雪信の駆け落ち相手が、探幽門下の平野守清《もりきよ》と伝わっています。父方の姓ですね。なぜ清原にしなかったかは、謎《なぞ》ですが……」

「清原のほうが都合が良いのですか？」

「清原姓は、雪信の祖父である神足常庵《こうたりじょうあん》の姓です。神足常庵も探幽門下四天王の一人で、雪信の母親である国《くに》が、常庵と探幽の妹・鍋《なべ》の子になります。つまり雪信は、画家の正統なる血統を示すために、母方の清原姓を名乗ったと考えられます」

狩野を名乗れずとも、その姓を名乗れば狩野探幽の縁者だと知らせることができる。娘の春信も、同様の理由で清原姓を名乗ったのだろう。狩野探幽が持つ圧倒的なネームバリューは、侮れない。

「確かに、それなら平野雪香が清原姓を選ばなかった理由が、分かりませんね。画家として活動したいなら、清原姓はステータスとして大事だ。持ってるものは利用しないと」

それを捨てるとは、平野雪香は画業に本気ではなかったのだろうか。

「もしかしたら、親との折り合いが悪かったのかもしれんな。それか、狩野派への反骨心か。なーんも資料が残っとらんから、憶測の域を出んけど」

凜太郎が口を挟む。人見が、おや、と片眉を上げた。

「稲葉君にも似たような経験があるのかな？　若さゆえの無謀か、あるいは、野心か」

「従弟《いとこ》の前で揶揄《からか》わんでください。誰にだって、家出みたいな衝動の一つや二つ、あったでしょう。僕の思春期より先生のほうが派手そうや」

凜太郎がばつが悪そうに首の後ろを掻く。本気で嫌がってはいない照れ隠し。初めて見る凜太郎の一面だ。この遣《や》り取《と》りだけで、人見と凜太郎の付き合いの深さが窺《うかが》えた。

人見の微笑が、不意に、ニュアンスを変える。再び掛軸に目を戻した。

「理由はどうあれ、両親は娘二人に、平等に狩野派の画法を教えています。合作は、おそらく雪香が十代の頃の作品でしょう。カクカクと角度のついたような木の枝や花弁《はなびら》に稚拙さを感じる。襖絵を描いたのは、二十代後半と推定されます」

デスク上で人見のスマホが光る。絵具の付いた指で拾いながら、

「あれほどの襖絵を描いたのです。きっと両親は画家の極意も教えている」

真は、人見の感興をそそる襖絵に、畏怖と興味を掻き立てられた。

狩野派のエリートの血を濃く継ぎ、技を会得しながらも狩野派を名乗れなかった女流絵師。無名の作家の作品がどういった経緯《いきさつ》で現存しているのか。見たいようで、見たくない。

人見がスマホをデスク上に戻した。

「雨が止《や》んだそうなので、件《くだん》の襖絵が来ます。搬入のお手伝いをお願いします」

唐突だった。凜太郎が真の肩を叩いた。

「行くで、力仕事や」

真は思わず眉間《みけん》に皺《しわ》を寄せた。心の準備がまだである。

四

真の口が、ポカンと大きく開いた。

美術品の原本を扱う際は、唾が飛ばないようにマスクを着用するのが作法である。だが、眼前に並ぶ搬入物を見ながら、真はマスクを毟《むし》り取りたい衝動に駆られた。

一階の実習室の一室に運び込まれた襖九面が、壁二方に等間隔に立て掛けられている。一番後ろに約一m四方の壁を剝《は》ぎ取ったものと、横に長い小さめの戸棚が四面、鎮座している。

美術品専用車ではなく、一般の小型トラックで搬送されてきたのを目にした時から、薄々妙だとは思っていた。

「なんや、これ……。江戸時代の襖絵とは聞いていたけど、ちゃんと保管してたら、ここまでの劣化はあり得ないだろ。これじゃあ、平安時代の代物だと言われたほうが腑《ふ》に落ちる」

ブルーシートの下から現れた襖は、いずれも経年劣化によるシミや退色、破れ等が酷《ひど》く、程度の差はあれど、描かれた絵を著しく侵食している。おそらく樹木と花鳥を題材にした絵だったのだろう。欠失も見られ、重度の汚れは瞬く間に真の心までも蝕《むしば》んだ。

こんなものを見たいのではなかった。

こんな残念な気持ちで目を背けたくはなかった。

「真君って素人みたいなことを言うんだね。襖の劣化は、こんなもんでしょ」

愕然《がくぜん》と立ち竦《すく》む真を、アクション・ペインティングみたいな勢いで否定したのは、保存修復研究領域・修士二年の土師俊介《はじしゆんすけ》だ。先刻、有蓋《ゆうがい》のトラックに乗って襖絵と一緒に到着し、真に搬入の指示を出した。

真より身長が低く、百六十cm弱の痩身で、自然と目に付く撫で肩である。一筆《ひとふで》でさらっと描いたような細い目に、どこか腹が読めない策士めいた微笑を、絶やさず浮かべている。

「元々、建具として使われていたんだ。僕たちはトラックの汚れが付かないように白手袋をして触ったけど、この襖があった家で暮らしてた人たちは、当然、素手で触ってたわけ。ま、傷《いた》み具合を見たら、それだけが原因でもないけど」

眉尻にかけて太くなった眉毛の上で、癖っ毛の黒髪が揺れる。

一重瞼《ひとえまぶた》の冷たい雅《みやび》さを放つ面貌《めんぼう》を、真は睨むように見返した。

「どこから運んで来たんですか？」

「どこって、そりゃあ、日下部《くさかべ》さん家の蔵《ち》だけど……まさか知らないで手伝ってるの？」

真が首肯《しゅこう》し、土師が半身を仰《の》け反《ぞ》らせた。助けを呼ぶように「凜太郎さーん！　この子、本当に凜太郎さんの助手で、合ってる⁉」声を張り上げる。

室の隅にいたトラックを運転してきた男性と、人見と額を突き合わせていた凜太郎が、振り返った。

「合っとる。土師君も復元模写は初めてやろ。蔡《さい》さんが来たら説明するから、ちょい待ちや」

真は首を戻して、「そっか」と、しみじみ呟いた。

「これは傷んだ状態のままで、修復しないんだね」

「するで。でも、やるんは保存修復科の学生と教師陣で、ここのみんなには模写をしてもらう」

隣に来た凜太郎に言下に否定され、真は己を指差した。

「凜太郎君の助手なら、俺も修復をするんだよね？　人見先生は模写の手伝いって言ってたけど」

「手伝ってくれてもええけど、大変やろうから模写だけでええよ。模写の指導は僕もするし」

真は感心した。

「助教みたいな仕事量だね。土師さんとも顔見知りみたいだし、大学院と仕事してるなんて知らなかった」

「普通はここまでせんよ。今回は人見先生の受け持ちやから、特別や」

「俺もだよ。凜太郎君の頼みだから、渋々引き受けてあげてる。謝礼金はこのくらいの厚さを希望するよ」

人差し指と親指を、目一杯、開いてみせる。指が長いおかげで、ＣＤが縦にすっぽり入りそうだ。

「何百万、せびんねん。恩着せがましい言い方すんな」

凜太郎が笑いながら、真の背を軽く叩く。真の口から乾いた笑いが零れた。

流されるがまま搬入を手伝ったが、強烈な場違い感に、人知れず気後れしている。幼い頃に何度か父の仕事場に連れて行かれた苦い記憶が蘇る。何も触るなと叱《しか》られた。古ぼけた文化財を囲む大人たちの厳粛な雰囲気が、この広い実習室にも漂っている。

（子供の頃より知識も画力もあるけど、基本的に油画と日本画では、道具も画法も違う。俺に何ができるってんだよ）

辛《つら》いと言えば、凜太郎は無理強いしない。助手は、自宅に引き籠《こ》もっている真を連れ出すための口実だろう。なんとかしてくれ、と母に相談されたに違いない。

真は凜太郎の気遣いに、ほとほと弱かった。父が亡くなったとき、凜太郎も悲しかったはずだが、気丈に振る舞って、真の精神状態ばかりを気にしていた。凜太郎が社会人になって、父に仕事振りを褒めてもらいたいと意気込んでいた矢先の事故だった。

あの頃、内心で父を見下していた自分は、凜太郎の優しさに、正面からどう向き合えば良いのか分からなかった。その大人っぽい優しい振る舞いが疎ましかったせいもあり、同級生だった颯太の音楽に逃げ込んだ。

でも、今回は逃れられる場所がない。数回は真面目《まじめ》に顔を出したほうが良いと考えている。凜太郎の面目を、自分勝手な気持ちで潰《つぶ》したくなかった。

（そういえば、バンドへの参加も最初は数回だけ、って言い張ってたな。俺にできるわけない、って断ってた。なのに、颯太は……）

——Pintasの名前は、ラテン語で〝彩色する〟を意味するpingoと、〝時代〟を意味するaetasを合わせた造語だ。な、オレたちにピッタリだろ。とりあえず、やってみようぜ。何でもやってみなきゃ、どうなるかなんて、分かんねーよ。

親子扉の親扉が、勢いよく開く。空気が入れ替わるみたいに、一人の女性が駆け込んできた。

身長は土師と同じくらいだ。右肩に掛けたリュックの口が半分開いている。美容院のモデル写真から抜け出たような艶《つや》のあるアッシュ・ブロンドのボブ・ヘアは、白い肌を侵さぬ外ハネで、色素の薄い眉の下で、長い睫毛《まつげ》と瞳《ひとみ》だけが黒々としている。

一目で、カジュアルなアパレル・ショップで働いていそうだなと、勝手なイメージを抱いた。地味な男が集《つど》う中で、華やかな愛嬌《あいきょう》ある面貌が目を惹《ひ》く。

「すみませーん！　遅くなりました！　わぁっ、もう届いてる！」

明朗な声に喜色があふれる。咄嗟に、マスク代わりのハンカチを口元に押し当てた彼女は、真らに目もくれず、襖に顔を近づけた。

「蔡さん、じっくり見たい気持ちは分かりますが、あとでね。全員が揃《そろ》ったので、受託研究の概要を説明します。今日は初めましての方がいるので、まずは自己紹介をしましょうか」

人見の清かな声に導かれ、六人全員が室中央の装潢台《そうこうだい》を囲むようにして立った。

人見は揃えた指先を、左隣に立つトラックの運転手に向けた。

「日下部悟《さとる》さんです。襖絵の持ち主で、此《こ》の度《たび》、うちに模写制作の依頼をされました」

日下部が理知的な顔に微《かす》かな笑みを刷《は》く。眼鏡を掛けた四十がらみの男性だ。真がトラックの運転手らしからぬ風采《ふうさい》だと思っていた人は、美大の事務員ではなく、依頼主本人だった。

「日下部家は、江戸時代に祇園《ぎおん》の外れで書画屋を営んでおりまして、この襖絵は、経営が揺らいだ時期に、懇意にしていた絵師が激励に描いてくれたものと聞いています。詳しい経緯や詳細は伝わっていませんが、店が立ち直ったことから、店を畳んだ後も、縁起物として蔵に残されていました」

日下部が歪《ゆが》んだボロボロの襖に顔を向け、レンズの奥の目を細める。

「これを、うちの新居の和室に使いたいのです。私は美術に詳しくありませんが、画家さんの手で古い作品を蘇らせる術《すべ》があると知って、縋《すが》る思いで来ました。どうか、よろしくお願いします」

日下部が頭を下げる。

真は凜太郎の袖《そで》を引き、耳打ちした。

「ちょっと信じられないよ。あれを使うって本気なん？」

「そのための復元模写や。本物は修復して、大学で引き取ることになっとる」

日下部がようやくおもてを起こし、眼鏡を指の腹で押し上げる。襖に対し、ただならぬ想《おも》いがあるようだ。

「復元模写は博士課程のカリキュラムなんやけど、博士課程の学生らは博士号を取るための文化財の模写と論文作成で手一杯で、こっちを手掛ける余裕がない。最初は外部の修復工房に回す案も出たんやけど、人見先生が、せっかくやから修士にやらせよう、言うたんや。あの二人は有志で、日本画の実力は折り紙付きや」

自己紹介が再開される。土師に続き、二人目の修士の女性が、胸元に手を当てた。

「私の名前は、蔡麗華《れいか》です。香港《ホンコン》からの留学生で、修士の一回生です。日本画と日本語を勉強中です」

入室時もイントネーションが微妙におかしいと思ったが、聞き間違いではなかった。

日下部が意外そうに瞬く。だが、真は驚かなかった。

中国では、バブル期に日本に留学した中国人らによって『岩彩画』という新しい絵画ジャンルが確立されている。日本画の自由な気風と岩絵具を使った表現方法は、水墨画が席巻《せっけん》していた中国画壇に、新風を吹き込んだ。蔡がこの場にいる光景は、油画科の真がいるより自然である。

「蔡さんは、昨年度の京楽芸術賞を受賞されています。将来を嘱望される卒業生と修了生を表彰するうちの制度で、蔡さんは日本画科の留学生で初めて選ばれた方です」

人見の紹介を聞いて、真は折り紙付きの根拠に納得した。

京楽芸術賞は、京都画壇でも受賞するような実力者が選ばれる。これまであらゆる学科の優秀な学生が選ばれているが、確かに日本画科の留学生の受賞は初耳だった。卒業後の国際的な活躍を期待されての受賞だろう。

（土師さんも、学部生のうちに京都画壇の日本画新人賞で優秀賞を受賞したって言ってたし、マジで才能ある人たちじゃん。なんで創作力向上のペインティング専攻じゃなくて、保存修復専攻

の研究室にいるんだ？　現代日本画家育成の研究室でも、一応、模写や絹本《けんぽん》制作は学べるのに）

凜太郎の紹介も終わり、最後は真だった。

「油画科を休学中の稲葉真です。従兄の稲葉凜太郎の助手として参加します。日本絵画の模写経験はありません。足手纏いにならないように気をつけます」

頼りなく声が震えて、尻窄《しりすぼ》みになった。方々から刺さる視線が痛い。歓迎されていない空気が明白だ。

それもそのはずだった。先輩たちからしたら、なぜ経験もない他科の人間が助手として参加するのか、甚《はなは》だ不思議だろう。日下部も、なぜ素人がいるのか、と不安を覚えているはずだ。

うつむきがちにこっそり面々を窺うと、蔡が訝《いぶか》しげな目で真を見ていた。

「もしかして、PintasのＭＡＫＯＴＯ？」

驚いて、蔡と目を合わせた。

「俺のこと、知ってるんですか……」

「は？　何のマコトだって？」

土師が横槍《よこやり》を入れる。

「去年メジャー・デビューしたバンドの元メンバー。彼、ちょっとした有名人だよ。ライブハウスで見たことがある。演奏に合わせてライブ・ペイントをしてた」

「へぇ、学祭みたいなこと、やってたんだ」

土師がつまらなそうに鼻を鳴らす。

「ライブ・ペイントは、主線なしで、色だけで描いてたよね。最後の曲までいかないと、何を描いているか分からないスタイルだった」

「……そう、です……」

「でも私、ライブが終わっても、何を描きたかったのか、よく分からなかったな。ライブの乗りが良ければオール・オッケーみたいな。絵具だけ厚くて、中身はスカスカ、みたいな。アートを知らない観客のためのパフォーマンスだった」

痛い所を突かれた。咄嗟に、ひぐっ、と上擦《うわず》った声が洩れた。視界に真っ黒な緞帳《どんちょう》が下りて、全身の細胞が氷漬けでキンキンにされたよう。

——君は、要らない。

真を切り捨てた冷徹なレーベル担当者の言葉が、鮮明に蘇って、胸を締め付ける。

「SNSも流行《はや》りを気にしすぎ。目先の人気を求めたラクガキばかり量産して、本当に面白いと思って、やってた？　あんなの作家じゃない。サラリーマンの仕事じゃん」

肺が石のように固まって、呼吸がままならなくなる。受賞経験のある先輩の評は、容赦なく真の胸の傷を抉《えぐ》った。

「ちょっ、言い過ぎ。事実だとしても、他人の前で指摘しないの。そういうの日本語で、寸鉄、人を刺す、って言うんだよ」

土師が窘《たしな》めるように声を低める。

蔡が不服そうに顎を上げた。

「でも、私、知ってるもん。ライブでは隠してたけど、真のデッサン、バカ上手いよ。多分、ここにいる誰よりも巧《うま》い」

土師がむっと眉を顰《ひそ》める。

「聞き捨てならないな。油画科《あっち》の木炭デッサンが上手くても、それだけじゃ日本画科《こっち》では通用しない」

「木炭も写生もやる私から見て、真は巧いって言ってんの。きっとこっちでもちゃんと描けるようになるよ。だから――」

一変して挑発的な眼《め》が、真を射抜く。テラコッタ・オレンジの瑞々《みずみず》しい唇が、無垢《むく》な少女のように残酷に弧を描いた。

「ここに来たのなら持ってみなよ、面相筆《めんそうふで》」

五

ライブ・ペイントではアクリル絵具を使い、ＳＮＳには液晶タブレットで描いたデジタル・イラストを投稿していた。出先でのスケッチや、家の中で取り組んだデッサンは、滅多に他人の目に触れずに燃えるゴミ袋に直行する。

蔡が真のデッサンを見たとなると、考えられるのは、二年次のドローイング課題だ。三百枚のほとんどが、音楽を聴きながら印象を描き出したものだった。

だが、その内の数枚は、ボーカル・トレーニング中の颯太をモデルにしたデッサンだった。おそらく真の与《あず》り知らぬところで盗撮され、出回ったのだろう。蔡の声に見下す響きはなかったが、何者かが悪意を持って晒《さら》した事実は容易に察せられた。

気分が湿る。たかがデッサンを褒められても、その後の転落ぶりを酷評された後では、微塵《みじん》も得意になれない。却《かえ》って身の底から不甲斐《ふがい》ない気持ちが込み上げて、自嘲的な笑みが洩れた。

「巧いだけじゃ駄目でしょう。俺は、とっくに自分の凡庸さに失望した人間です。進んで恥を掻きたくありません」

ぎゅっと眉根を寄せた蔡が、「感じ悪」と吐き捨てる。

土師が初めて面白そうに頰を吊《つ》り上げた。

「バンドしてたって言うから、もっと尖ったキャラなのかと思ってた。案外まともなんだね。よかった、安心した」

「どこが⁉　十分いけ好かない！　捻《ひね》くれてる！」

蔡が嚙みつく。

「だから、はっきり言い過ぎだって。口答えされたからって、不機嫌にならないの。真君は変な虚栄心もなさそうだし、僕は仲良くできると思うなぁ」

土師にいなされた蔡は、意味が分からないといったように口を半開きにした。

「みんなが麗華ちゃんみたいに一本筋の通った強い人間なわけじゃない。芸術が氾濫《はんらん》した世の中で成果を出そうとしたら、多少は気が滅入って、捻くれるものさ」

そうなの？　と言いたげな蔡の視線と、かち合う。真は、ふいっと逸《そ》らした。

「特に、僕らみたいに評価される側は、向上心のせいで、常に何かと向き合って悩む毎日だ。劣等感と承認欲求は通常装備。どこかおかしくなってないと、逆に怖いよ」

土師が物知り顔で制作者の嗜《たしな》みを説く。

「詳しくは知らないけど、真君は、良くも悪くも普通だと思う」

土師は改めて真に向き直り、「よろしく」と、元から細い目を糸のように細くした。

仲良くできるかはさておき、尊大かつ無責任で、客観的な物言いが、鼻につく。いくら先輩とはいえ、作品も知らない初対面の相手に、普通と判定されたくはない。だが、同じ穴の狢《むじな》だからこそ出る言葉だと思った。真は内心、土師なりに挫折した経験があるのか、あるいは、挫折した人間を間近で見た過去があるのかもしれないと勘繰った。

「なんだか、私が正常じゃないみたいじゃん」

蔡が拗《す》ねた様子で唇を尖らせる。だが、剝《む》れる蔡を宥《なだ》めすかす者は、いなかった。

パンッ！――――と、重い空気が破裂したような大きな音が、鳴り響いた。

皆、一様に肩が跳ねて、音の出所を見やる。目を剝《む》いた。

人見が両手を叩いたのだ。静かな怒気が見え隠れする微笑で、掌《てのひら》を合わせている。

「よろしいかな、これにて自己紹介は終わりです。あなた方三名は、共通して、絵を描く者の心が分かる人たちです。私はそういった学生にのみ、この受託研究への参加を認めています。画力云々《うんぬん》の高尚な議題の討論は、居酒屋でしてください」

人見らしく言葉遣いは丁寧だが、有無を言わさぬ迫力だった。

「この受託研究は、三人が共同で模写制作をします。同じ空間で、各々が自分の作品を作るのではありません。三人が、同じ人物になりきって、一つの作品を再現するのです」

人見が輪を抜けて、襖を背景にして立つ。緊張が走った。教授が作品を講評する時のような粛とした面持ちだ。

「日本において『模写』には古くから様々な定義が存在します。教義を伝えるための仏画の模写。様式や技法を継承するための模写。修業のための模写。保存するための模写。日本の仏画や水墨画、障壁画といった絵画様式は、それぞれ図様や技法が、模写によって時代を超えて継承されています」

緊張を保ったまま、人見が滔々《とうとう》と続ける。

「それらを知る行為もまた、模写です。『模写』は、日本画の古典研究の代名詞と言えます」

人見の浸透力の高い声が、上品な軽やかさで思考の戸を叩く。

渋い抹香の匂いと共に、一枚の絵画が真の脳裡《のうり》に浮かんだ。おそらく日本絵画の中で最も模写されたのではないだろうか。あまりにも有名な——法隆寺金堂《ほうりゅうじこんどう》壁画。昭和二十四年（一九四九年）一月二十六日の未明に焼損したことが契機となり、翌年に文化財保護法が制定された。

法隆寺金堂壁画は、唐《とう》代の長安《ちょうあん》で流行した浄土図を源流とする古代の仏教壁画だ。その約四百年後、平安後期に入ると、代表的な大和絵《やまとえ》である『源氏物語《げんじものがたり》絵巻』が誕生した。さらにそこから約八百年後、江戸時代には、世界的に有名な日本絵画、葛飾北斎の『冨嶽《ふがく》三十六景・神奈川沖浪《かながわおきなみ》裏《うら》』が描かれた。

人の手で生み出される芸術は、洋の東西を問わず、時代の様々な影響を受けて変化している。西洋ではエジプトからギリシャ、イタリア、フランス、アメリカへと芸術の中心地は変遷し、社会情勢や政治形態、カメラの登場などにより、時代毎《ごと》に大きく絵画様式は変化した。だが、日本では、弟子が師や私淑した画家の絵を模写したことで、前時代の様式が自《おの》ずと踏襲された。

初期ルネサンスでフィレンツェ派を代表するサンドロ・ボッティチェリの『ヴィーナスの誕生』と、キュビズムの傑作と名高いパブロ・ピカソの『アヴィニョンの娘たち』との間隔は、約四百年だ。

絵を見て感じる変化の差は同程度でも、前者の八百年と後者の四百年では、変化の速度が異なる。

（渡来した様式が、日本の美意識の流れに乗って、独自の発展を遂げている。大局的に見て、日

本の絵画様式が時代毎に西洋ほど大きく変化していないのは、模写に重きが置かれていたからだ）

厳密に突き詰めれば、間違いを指摘されるだろう。だが、この真なりの閃《ひらめ》きは、心持ち前のめりに人見の話を聞く姿勢に繋がった。

「さて、今回、焦点を当てる江戸時代には、画風の継承で形成された流派があるのですが、ご存知かな？　狩野派のような世襲ではなく、画家が時空を越えて師を選び、模写して独自の絵画様式を展開しました」

「そんな模写同好会みたいな流派があったんですか」

思わず口を衝《つ》いた。真なりの気付きを象徴するかのような流派だ。

「有名ですよ。二〇二〇年東京オリンピック・パラリンピックの記念貨幣の図柄に採用された国宝は、特に」

あっ、と日下部が声を上げる。

「『風神雷神図屛風《ふうじんらいじんずびょうぶ》』ですか。ミーハーなもので、銀行に引き換えに行きました」

照れ笑いする日下部に、「私もです」と人見が表情を緩める。

「鎌倉《かまくら》時代の『北野天神縁起絵巻《きたのてんじんえんぎえまき》』の雷神を引用して俵屋宗達《たわらやそうたつ》が描いた二曲一双を、百年後に尾《お》形光琳《がたこうりん》が模写し、さらに百年後に、その尾形光琳の模写を酒井抱一《さかいほういつ》が模写しました」

「琳派《りんぱ》だ」土師が厚みのある声で呟く。

琳派は大和絵の手法で華やかな色彩が特徴の絵を描き、陶芸や蒔絵《まきえ》、染物といった工芸分野との関わりも深い。

「このように、古くから影響を受けた作品の模写は、たくさん行われています。横山大観《よこやまたいかん》や速水御舟《はやみぎょしゅう》といった日本画家も、多く模写を残しています。己の糧とするためには、欠かせない修業法です」

教科書のような説明を聞きながら、真は凜太郎に身を寄せた。

「でもさ、俺たちがやるのって、修業のための模写じゃないよね。実用的な目的でやる模写だよね。この件《くだり》、どういう意味？　必要、ある？」

凜太郎は数拍、沈黙すると、わざとらしく大きく息を吸って、小鼻を膨らませた。

「退屈に思うぐらい理解があるなら、ええこっちゃ。でもな、授業中の私語は慎《つつし》め、って小学校で習わんかったかあ？」

「ご、ごめん……。目立っちゃうから声を落として……」

全員がこちらに気付き、気詰まりな沈黙が漂う。

凜太郎が怒気を隠し、呆れた口調に切り替えた。

「先に言うとくけど、襖絵の復元模写は、来年の春先に納品する予定になっとる。秋、遅くとも年末までには、制作に入らなあかん」

「秋って、十月か十一月？　なんで、そんなに遅いの」

「遅くない。半年以上掛かる計画って言うたやろ」

夏休みを挟むにしても、準備に数ヶ月を要するのだろうか。

授業一コマが九十分。木曜日の午後——丸々二コマが、模写制作に宛《あ》てがわれる。油画科でも一つの課題で一学期が終わったりするが、課題制作が完成像の不明確な状態で進むのに対し、模写は予《あらかじ》め完成像が見えている。試行錯誤する時間が要らない模写に、半年以上も掛かるとは思えない。

疑わしげな色が顔に出ていたのか、人見が訳知り顔で言った。

「日本の伝統的な技法や様式を詳しく知らずとも、少なからず日本で育った人間ならば、作画や思考の上で、無意識に受けた文化の影響が出ます。でも、同じ日本人だからといって、画家の個性を重んじる現代を生きるあなた方が、模写重視の狩野派が一世を風靡《ふうび》した江戸時代の作家を、容易に理解できると思いますか？」

「それは……」真は返事に詰まった。

「誰も彼女に会ったことがない。伝記もなく、遺作も、ほぼ残っていない。ですが我々は、この謎に包まれた平野雪香という絵師について考察し、精神性を摑まねばならない。——この、欠けた部分の絵を埋めるためにも」

人見の背後に端然と並ぶ襖は、九面。壁一面に必要な襖の数は偶数だ。壁何面分の襖かは不明だが、明らかに数が足りない。

真は忍び寄る不穏に従い、おそるおそる尋ねた。

「まさか、欠けた部分の絵は、分かっていないんですか？　何か、手掛かりとなる縮図が残っていたりは……」

「ないですよ。なので、あなた方が考えてください」

人見が平然と言い放つ。

真は酷く驚いた。その返答はまったくの想定外だった。

「それも模写制作になるんですか⁉」

「なるで」凜太郎が答える。

「想定復元模写。お前たちはこれから平野雪香の追体験だけやなく、欠けた部分を、どう平野雪香が描いたように見せるか、本物に似せる合理性についても考えなあかん。なんたって納期は動かんからなあ」

凜太郎が呵々《かか》と笑う。

真は予想だにしなかった難度の高さに啞然《あぜん》とした。

「他人を読み取って描くなんて……そんなのやったことがない！　下図が必要になる！　そのための数ヶ月の準備ってこと⁉」

人見がこっくり頷いた。

「試作に入るためにも、平野雪香を研究する必要があります。それに、古典絵画の模写経験がない真君には、修業が必要です」

瞬時に、頰が強張《こわば》った。日本画用の筆や絵具の感覚を摑むためにも、確かに練習は必要だ。人見の説明は真のためにあったのだと、直接、言われて気が付いた。

(持つのか？　俺が、面相筆を。溶くのか？　岩絵具を、膠《にかわ》で。……この指が)

生まれた時から近くにあった。踏み込もうと思えば、いつでも踏み込める領域だった。

「私は、一枚の制作より、一枚の模写を丁寧にこなすほうが、上達すると思っています。単に線を写して、同じに見えるように色を塗っても、それで模写が成功することは、ほぼ、ありません。得られるものも、ない。だから私は、初回に必ず言う言葉があります。——けっして、やっつけでしては、いけない」

顔が青褪《あおざ》めたのが、自分でもわかった。心のどこかで、あくまで助手だから、と胡座《あぐら》を搔く狡《ずる》い真に、人見はぐさりと釘《くぎ》を刺した。

「卓越した腕を持つ画家の行いをなぞることで、冷静になり、自分を客観的に捉えることができます。未熟さや傲慢《ごうまん》さ、どこに神経を研ぎ澄まさねばならないのか。色々と気づかされて、視界が晴れます。これは、生きている限り必要になる、画家のメンテナンスです」

ささくれた真の心に深々と突き刺さる。言葉を引き立てる静かな声は、斬《き》った後で斬られた事実を気付かせる剣豪のよう。かつてない衝撃で、心が大きく揺り動かされた。

真は人見越しに、色が剝落《はくらく》した、ボロボロの襖を見つめた。

「何かを摑み取れたら良いですね。あなた方の前にあるものは、かつて挫《くじ》けかけた人の心に寄り添って、勇気を与えたものですから」

遠ざけていた領域への襖が、すっ、となめらかに開く音が聞こえた気がした。

第二章　消えた鳥

一

真は白い棚に並ぶ色とりどりの瓶を前にして、途方に暮れていた。

凜太郎に保存修復日本画研究室に連れて行かれた翌日には、真は大学の売店の日本画コーナーを物色していた。大階段を登ってすぐの本部棟には、事務局や図書館、カフェが入っており、画材専門の楽々《らくらく》ストアは本部棟の二階にある。学生割引があるので、去年は休学中でも画材は売店で購入していた。

だが、真が現在、立ち尽くしている場所は、慣れた油彩コーナーではなく日本画コーナーだ。

十一段の棚二つに、岩絵具の瓶がびっしり置かれている。

一段目が赤系統、二段目が青系統――と、遠くから棚を見たらカラフルで綺麗《きれい》なのだが、いざ手に取ろうとすると壁にぶち当たる。

（なんで同じ色の名前が書いてあるのに、十四個も瓶があって、どれも色味が違うんだ）

例えば、三段目の端にある草緑《そうろく》の瓶を取る。当然、奥にあった次の瓶が現れるが、中身がやや濃い。前後一列に七個の瓶があり、隣の列も草緑だが、先頭はかなり薄い。奥から手前に掛けて、徐々に色味が薄くなっている。一番濃い色味と一番薄い色味を比べると、まるで違う色のように見える。

（しかもg単位の購入かと思ったら、両単位だ。なんやねん、両って……）

一g三十四円、一両五百十円とある。単純に割り算で一両が十五gだが、はたして何両買うのが初心者には妥当なのか。計量器は見当たらない。買い方が分からない。

ちら、と背後のレジを盗み見る。店員は電話中で、まだ真に不審を抱いてはいないようだ。だが、いくら分からないと言っても、美大の売店で初心者丸出しの質問は、したくない。美大生の沽券《こけん》に関《かか》わる。

（顔が割れていない街中の画材屋に行けばよかった。今から行くか）

諦《あきら》めて棚に戻そうとした時、視界の端にアッシュ・ブロンドの髪先が揺れて、柑橘《かんきつ》系のフルーティな香水が香《かお》った。

「泣きそうな顔をして、どうしたの？　その色が欲しいの？」

危うく瓶を落としかけた。慌てて両手で持ち直し、声の主を振り返る。

財布とスマホを右手に持った蔡が、「やほ」と左手を挙げた。今日の出立《いでたち》は、オフ・ホワイトのTシャツにベージュのワイド・パンツだ。どこもかしこも絵具が付いたら目立ちそう。

「こんにちは……昨日の今日でお会いするとは思いませんでした」

小さく会釈する。どうやら蔡一人のようだ。真に対して良い印象を抱いていないだろうに、よく話しかけてきたものである。

真はそそくさと瓶を棚に戻した。気まずいので、早く立ち去ろう。

「買わないの？　お金がないの？　お金がなくて新作コスメを我慢してる友達と、同じ表情《かお》をしてるよ」

蔡が励ますように微笑《ほほえ》む。

「元気を出して！　美大生、貧乏、多いよ！」

「違いますよ！　買い方が分からないんですよ！」

つい、語気が強くなってしまった。

「アハ、やっぱりそうなんだ。私も初回は分からなくて、心が折れた。最初からすんなり買える人、いないよ」

どうやら立往生していた理由を見抜かれていたらしい。首から上が熱くなる。

蔡は、真が手にしていた草緑の瓶を取って、ラベルを指した。

「このラベルに書いてある数字が、粒子サイズだよ。一から十三まであって、数字が大きくなるに連れて、粒子が小さくなるの。十三の次の『白《びゃく》』が一番小さい」

「つまり、『二』が一番濃くて、『白』が一番薄いってことですか」

「そう。濃いのは粒子サイズが大きいから、その分だけ色が伸びにくい。薄いと塗りやすい。番号を混ぜて、調節して使う」

蔡が屈《かが》んで、棚の下段にあるスライド・トレーを引く。そんな所にトレーがあると気付いていなかった真は、目を瞠《みは》った。

蔡は細かな傷の入ったトレーの上に草緑の瓶を置いて、トレー近くの段から適当に取った別の色の瓶を並べた。白の淡口金茶《うすくちきんちゃ》、7の岩焦茶《いわこげちゃ》、11の淡口焼緑青《うすくちやきろくしょう》。

「こうやって欲しい色をトレーに載せながら、選ぶ。落としたら大変だから。欲しい色味も間違えやすいから、よく見てね。使う時になって、これじゃなかった——てなる失敗が多い。決まったら、あとは店員さんを呼ぶだけ」

蔡は草緑だけを残して、瓶を戻した。真を振り返って、得意気な顔をする。

真は戸惑いがちに礼を述べた。

「ありがとうございます。……ついでに教えてほしいんですけど、初心者だったら何両、買うべきですか？」

図々《ずうずう》しいと言われるだろうか。昨日、いけ好かない、捻《ひね》くれてる、と散々言われたので、少なからず気にする。

だが、蔡はこともなげに教えてくれた。

「二両かな。一両が十五gで、一般的に二両以上で買う人が多いよ。高価な色や少ししか使わない色だったら、一両の作り置きがあるから、それを買ったりする。ここにあるのは全部、新岩絵具だけど、良い？」

新岩絵具は、化学反応で人工的に発色させた硝子質《ガラス》の塊を粉砕して作られた顔料だ。鉱物を粉砕して作られた天然岩絵具に比べて、色数が多い。

真は確認された意図が分からず、小首を傾《かし》げた。

「良い？　とは……？　新岩絵具だと不都合なことがあるんですか？」

「拘《こだわ》る人もいるから、どうかなと思った。土師さんだったら天然しか買わないし」

「そうなんですか。発色が違ったりするんですかね。新岩絵具のほうが、色の数が多くて、使いやすそうですけど」

「土師さんは学部生の時から、あえて使う色数を減らして描《か》いてる。多分、金銀まで入れて、十ぐらい」

「十⁉　少なすぎやしませんか⁉　確か岩絵具って、油彩や水彩絵具と比べて、色同士を混ぜて別の色を作り出すことに向いてないですよね」

真は油画用のパレットに三十色近く出す。使える色が少ないのは心許《こころもと》ない。

だが、元来、色が少ないがゆえに、日本画の平面的な印象が生まれる。西洋画のように混色や重ね塗りで陰影を描き込まないので、立体的にならない。

「土師さんの日本画は、凄《すご》く綺麗だよ。無駄な塗りが一つもないから、純度が高い。手数も少なくて、速いの。見てると、うっとりしちゃう」

凄く綺麗、のイントネーションだけが、数え切れないほど口にしたみたいに自然で、感に堪《た》えないといった響きだった。それだけで、蔡の土師に対する敬意が感じ取れた。

真は昨日の土師の言動を思い返して、鼻頭に皺《しわ》を刻んだ。やはり真が苦手とするタイプの作家だった。線画にも塗りにも余分がない。本質を描き出す古の画家と同じ。

「ちなみに、私は拘らないし、混色も多用して塗っちゃうから、表面がザラザラ」

蔡があっけらかんと笑う。

真は、蔡がどんな絵を描くのか気になったが、口に出す前に舌先で擂《す》り潰《つぶ》した。尋ねれば、必ず自分の絵についても触れられる。昨日の酷評がいまだ腹の底で踏ん反り返っているので、追い討ちは勘弁してもらいたかった。

蔡が潑溂《はつらつ》とした調子のまま、話の舵《かじ》を切る。

「ねえ、初心者だったら、まずは鉄鉢《てつばち》や顔彩《がんさい》のほうが使いやすいと思う。水に溶かせば、すぐに塗れるし」

蔡の視線の先に鉄鉢があると気付いたが、真は頑として首を向けなかった。

「襖絵《ふすまえ》は岩絵具で再現するんですよ。今夜、凜太郎君に使い方を教わる予定です。筆と、膠《にかわ》と、胡粉《ごふん》と、岩絵具を何色か用意しておくように言われました」

自宅のアトリエにあった父の道具は、母がとっくに処分した。真にアトリエを譲るために、母が早々に片付けたのだが、真は使っていない。ほぼ、作品置場になっている。今夜そのアトリエで、真は日本画の手解《てほど》きを受ける。

「それに、当時の姿に復元してほしい。——それが、日下部さんの譲れない要望です。俺《おれ》がここにいる理由は、それを手伝うためです」

鉄鉢や顔彩を使って日本画を描き始めたいのではなかった。真が求めているものは、おそらくあの襖絵の中にある。

「近年の日本は高温多湿で、岩絵具を使った絵の保存が難しい。最近ではアクリル絵具で描いた襖絵が流行《はや》っているし、耐久性もアクリルが上です。なのに日下部さんは、一日でも良いから、完全に蘇《よみがえ》った襖のある和室で過ごしたいと言われた」

全部、昨日、聞いた話だ。当然、蔡も知っている。

内心を上手《うま》く纏《まと》められず、真は整然と並ぶ岩絵具の瓶から視線を外せない。一刻も早く、うやむやにしたくて、早口で捲《まく》し立てる。

だが、蔡は言葉の急流に流されることなく、湿り気のない態度で相槌《あいづち》を打った。

「正直、俺には荷が勝ちすぎています。アクリルだったら、まだ力になれたのに……。でも、日下部さんに残念な思いをさせたくないので、せめて塗りぐらいは、役に立てるようにしておきたいんです」

「そんなの、当たり前じゃん。それより描いてきてよ。花でいいから」

蔡の右手の中で、スマホの画面が光る。蔡はメッセージの通知を一瞥《いちべつ》して、真をあっさり一蹴《いっしゅう》した。

「来週の月曜日に見せて。じゃあね」

蔡が電話を終えた店員に声を掛ける。和紙置場にある雲肌麻紙《くもはだまし》が欲しいらしい。

真は再び呆然《ぼうぜん》とその場に立ち尽くした。

二

午後六時過ぎだった。約束通り仕事終わりに真の家に来た凜太郎は、縦横三十㎝の段ボール箱を抱えていた。中に入っていたのは、和紙ロールや絵皿、乳鉢、膠鍋《なべ》といった日本画用の道具だった。

「和紙と明礬《みょうばん》と使いかけの膠は、僕の家から持って来たもんやけど、それ以外は全部、叔父さんのやで。五年前に叔母さんから預かったんや。どう処分すんのか分からん、言うとったから」

道具をきちんと揃《そろ》えようとすると、かなりの金が掛かる。岩絵具だけで貯金が消えそうだと気が重くなっていたので、ありがたかった。傷や汚れはあるものの、使えないほど古くない。

「この鍋、見覚えがある。よく冷蔵庫に入ってた。父さんのだったのか」

「それ、今から使うで。晩飯の前に冷やす準備をしよう」

「何も入ってないけど？　鍋を冷やすの？」

山吹色《やまぶきいろ》の陶器製の行平鍋《ゆきひら》の蓋《ふた》を開ける。

「中身は今から作るんや。その行平鍋は、礬砂《どうさ》を作る道具や」

礬砂は、水に膠と明礬を溶かした液体で、絵具の滲《にじ》みを防ぐ滲み止めである。描く前に和紙に塗っておかないと、絵具が滲んで描きたい細さで線が引けない。

市販の和紙には予《あらかじ》め礬砂引きが施されているものもあるが、されていない和紙を『生《なま》』といい、凜太郎が持ってきた雲肌麻紙は生だった。

「襖紙にも礬砂引きは必要になる。まずは和紙の準備ができてないと、輪郭線を引く骨描《こつが》きもできんやろ。でも今夜は、塗りまでいかへんやろうなあ」

油画より日本画のほうが描く人口は少ない。日本画がしばしば面倒臭いと思われる所以《ゆえん》は、絵具の扱いの難しさだけではなく、準備の大変さにもあるのだろう。現在では簡単に始められるように、画材メーカーが様々な工夫を凝らした画材を売っている。

「もしかして凜太郎君は、俺に一から準備を教えようとしてる？」

「一応」凜太郎が邪気のない笑顔で頷《うなず》く。

「膠には、粒膠《つぶにかわ》やサイコロ状の鹿膠《しかにかわ》といった種類があんねんけど、今日は三千本膠を使う。これが、ふやかすのに半日以上掛かるんよ」

呑気《のんき》に言うが、準備に時間が掛かるのも、とっつきにくい理由の一つだ。

「準備の手間を知るのも研究の一環やで。昔の人は、絵具を作るんも一苦労やったんやから」

「材料を集めたり、焼いたり、干したり？」

「そうそう。楽しそうよな。スピード重視の現代を生きる僕からしたら、そうした手間が贅沢《ぜいたく》に思える。きっと一日中、絵のことばっかり考えて、生きてはったんやで。描く前のわくわくする時間が長いんは、羨《うらや》ましいなあ」

――そうかなぁ。共感できなくて、声には出さなかった。唇の端だけを曖昧《あいまい》に歪《ゆが》める。

真は凜太郎の指示に従って、水を五百cc、折った三千本膠を五g分量って、行平鍋に入れた。それを冷蔵庫に入れて、膠が水を吸ってふやけるのを待つ。しっかりふやけるまでには一日掛かるので、今夜はもう、行平鍋には触れない。

「それを入れると、冷蔵庫の中が狭くなるんよねえ」

台所で懐かしそうに目尻《めじり》を緩めた母が、真の肩を叩《たた》いた。

「そのまま冷蔵庫から漬物を出してくれる？　お皿もテーブルに運んで。晩御飯にしよう。凜太郎君、ご飯の量は？」

「大盛りで！　叔母さんの手料理食べんの久しぶりや！」

凜太郎が嬉《うれ》しそうにおかずの皿を四人掛けのテーブルに運ぶ。五年前まで、父を訪ねた日には、よく晩御飯まで食べて帰っていた。

鮭《さけ》の塩焼き。茄子《なす》のおひたし。九条《くじょう》ねぎと京だしを使った肉豆腐（真はこれに七味を掛けて食べるのが好きだ）。大根おろしを添えた卵焼き。しば漬け。白米。味噌汁《みそしる》。母は料理好きだが、それでも、いつもより品数が多い。父と凜太郎を含めた四人で食卓を囲んでいた昔みたいだった。真の隣で、凜太郎が大盛りのご飯を平らげている。冷蔵庫には、父の行平鍋が入っている。なのに、テーブルには食器が一人分足りなかった。真は物悲しい感情を酸っぱいしば漬けと共に飲み下した。

夕飯を食べ終わると、真は凜太郎と二階にある十畳のアトリエに移動した。そこで胡粉の溶き方を習った。

胡粉は、いたぼ牡蠣《がき》などを原料とする白色系顔料である。胡粉に始まり、胡粉に終わる、と言われるほど、古来、重宝された画材の一つだ。下地や、桜や菊の花弁《はなびら》を盛り上げて立体的に描く技法、他の色料に混ぜて『具』と呼ばれる調合した色を作るために使われる。絵画以外でも、雛《ひな》人形の頭《かしら》に重ねて塗られるなど、艶《つや》のあるしっとりした白色が持ち味だ。

約十分掛けて、乳鉢に入れた胡粉を乳棒で擂り潰した。次に、膠液を一滴ずつ垂らして団子状にする。ここでは凜太郎が持参した、すぐに使える液状の鹿膠を使った。多すぎても駄目で、少なすぎても駄目らしい。耳朶《みみたぶ》程度の柔らかさになるまで、膠と胡粉を足しながら、捏《こ》ねる。

「実は今日、蔡さんと売店で会って、花でいいから描いてきて、って言われたんだ。来週の月曜日に見せて、って」

指先に意識を集中させながら、真は売店での一部始終を話した。こんなことを言うと、また捻くれてるって言われそうだけど……

「なんだか、今の自分を駄目出しされたように感じた。こんなことを言うと、また捻くれてるって言われそうだけど……」

左手で絵皿の縁《ふち》を摑《つか》み、ゆっくり回しながら、右手の人差し指で捏ねる。皿を固定するより、回しながらのほうがやりやすい。

「日本画を描きたくて岩絵具を買ってるわけじゃない、って言えなかった。人見先生の言ったメンテナンスをしたい、というか……。買い方が分からなくて困ってる時間も、自分自身を初めて知ろうとしてる最中だ、って、どう言ったら伝わるか、分からなくて……」

真は手を止めずに、訥々《とつとつ》と心を紡いだ。だが、紡いだ後も気持ちは名状し難く、姿を失っていた。時折二の腕で目元を拭《ぬぐ》う。意識を父が使っていた絵皿から逸《そ》らさず、何度も胡粉の感触を確認した。

そろそろかな、と思ったところで、凜太郎の「もうええよ」という声が、真の手首を摑んで止めた。

「次は『百叩き』いうて、作った団子を皿に叩きつけんねん。乳棒で叩いてもええんやけど、こう――」

凜太郎が手首のスナップを利かせて、絵皿に投げつける。

「ぺん、ぺん、て音がするくらい、叩きつけてみ」

見よう見真似《みまね》で、絵皿に胡粉団子を投げつける。ぺち、と気の抜ける音がした。

「もっと強くしてええよ。膠を胡粉全体に行き渡らせるために必要な作業や。良い塩梅《あんばい》になったら、表面に艶が出る。不十分やと、絵具が剝離《はくり》しやすくなる。丁寧に、百回やる勢いで、叩きつける」

真は一心不乱に叩きつけた。何回も、何回も。喉奥《のどおく》を締め付ける、偏執的で、暗い感情を押し出すように。出切ってしまえば、自信たっぷりな彼らとの間にある一線も変化するだろう、と思いながら。

(手間が、掛かる)

結局、艶が出るのに一時間弱、掛かった。知らず嚙《か》み締めた下唇に、疼痛《とうつう》が残っている。汗で腋《わき》がびっしょり濡《ぬ》れて、気持ち悪い。

「気になるんやないの?　真の絵が。見たいだけなんよ」

何の返事か思い至るまでに、二回、睫毛《まつげ》の先が汗を弾《はじ》いた。眼裏《まなうら》に滲んでいた蔡の真顔が鮮明に蘇る。

「初めて見た真のデッサンが、よほど印象的やったんやろうなあ」

共感するような凜太郎の声の柔らかさに、胸が切なく軋《きし》む音を立てた。

百回以上も叩きつけられた胡粉団子は、形の悪い石みたいになっていた。叩きつけた人の心が表れるのかと疑いたくなるほどに、歪《いびつ》だった。

もし、そうならば、嫌な手間だ。胡粉を作るたびに、自らと向き合わなくてはならなくなる。隠すように両手で胡粉団子を挟み、手を前後に動かして紐《ひも》状に伸ばした。膠が十分に行き届いていないと、途中で切れてしまう。本来胡粉と膠は混ざりにくく、熟練の腕に達するまでに数十年が掛かると言われる。

「自分に手間を掛けとるところやから待って、って断れば、引き下がるんやない？　蔡さんは、根は良い子やから。回り諄《くど》い言い方するより、はっきり言ったほうが伝わるで」

一時間も掛けた割には、真剣に考えたのかそうでないのか、よく分からないアドバイスだった。凜太郎らしいと言えばらしいが。ひとまず胸に留めておく。

凜太郎の指示に従い、紐状にした胡粉を、蜷局《とぐろ》を巻くように絵皿に戻した。五十から六十℃のお湯に十分間浸して、灰汁《あく》抜きをする。これで、完成。

一仕事を終えた気分だが、まだ礬砂ができていない。

翌日、凜太郎に昨晩教わったとおり、膠がしっかりふやけたのを確認してから、湯煎《ゆせん》した。七十℃に温まったところで火を止めて、明礬二・五gを加える。よく掻《か》き混ぜて、明礬が溶け切ったら完成だ。保存が利かないので、出来上がったその日のうちに使うのが鉄則である。

早速、古くて使わなくなった毛布の上に、生の雲肌麻紙を載せた。礬砂刷毛《はけ》で、ゆっくり刷毛の水分を和紙に落とし込むように引く。礬砂抜けと呼ばれる生の部分が残らないように気をつけながら、慎重に、一度で引き切った。

自然乾燥で乾いた直後の和紙は、表面に銀の砂子《すなご》を振り撒《ま》いたようにキラキラ輝いていて、いつまでも眺めていることができた。

三

真が木曜日の午後一時ちょうどに保存修復日本画研究室に行くと、すでに土師と蔡が来ていた。二人は、並べられた襖の端に置かれた約一m四方の壁を見ながら、何やら話し込んでいる。真が扉を開けた音にも振り返らない。

襖は一週間前と同じ状態だった。

扉付近で所在なげに立ち尽くす真に、先に気付いたのは土師だった。

「お疲れ。来たなら声ぐらい掛けなよ」

「すみません。なんだか真剣な空気だったので、声を掛けづらくて……」

蔡にも小さく会釈する。

「壁画を見ていたんですか？　襖絵を復元するのに、なんで壁と戸棚があるんですかね。参考資料かな？　雪香は、襖の他にも描いていたんですね」

「ちょうどその理由について意見を交わしていたんだよ。鞄《かばん》を置いて、こっちに来て」

土師に手招かれ、真は鞄を手近な装潢台《そうこうだい》の上に置いた。壁画の前に佇《たたず》む土師と蔡の間に入る。

「例えばの話、真君は知人に家の中に自由に絵を描いてくれと頼まれて、どこに描く？」

突然の質問に面食らう。

「経験がないですけど、車庫のシャッターは描きやすそうですよね。でも、家の中だと、思いつくのは、ドア、窓、壁紙、無地のカーテンや絨毯《じゅうたん》、冷蔵庫……あと、強いて言えば、天井？」

「あるもんね、天井画。探幽が描いた妙心寺《みょうしんじ》の『雲龍図《うんりゅうず》』なんか、めっちゃかっこいいよね。僕も一度で良いから、あれぐらい大きい作品を描いてみたいよ」

分かる、と深く頷く。大きいキャンバスは真もテンションが上がる。

「でもさ、天井にまで絵を描いてある場所って、城や寺が多いよね」

「そうですね。障壁画《しょうへきが》といえば権威の象徴、寺を彩るのは荘厳画《しょうごんが》ですもんね。やっぱり民家の天井には描かないか」

横になった時に視界がうるさいと、安らぎたくても安らげない。

「そうそう。そういう風に、描くなら部屋の役割や性格を考えて、インテリア・デザインの一部として相応《ふさわ》しい場所に、相応しい絵を描く。昔の画家も同じでさ、部屋全体が一つの物語になるように、複数の画面を使ってパノラマ作品を作り上げたんだ」

土師の言わんとする意味を解し、鈍い衝撃を受けた。

全体の見え方を意識しながら作品を作る。かつて真もステージ上で真似事をやっていた。バンドの演奏と颯太の歌声に絵を融合させる。視覚的に音楽を楽しませる空間が《Pintas》の作品だった。

だが、真のパフォーマンスは、作品を構成するピースになっていなかった。

「そっか……単独の画面として鑑賞したいなら、絵画を飾ればいい。わざわざ部屋の中に描くんだから、空間に馴染《なじ》まないと意味がない」

襖と壁と戸棚。すべてが同じ部屋に配置されていた。

「空間を一つのアートとして捉《とら》える。障壁画を鑑賞するコツの一つだ。でも僕たちは今回、描く側に立って、空間を再構築していかなきゃいけない」

「まず気になるのは、部屋の規模、ですね」

土師の瞳《ひとみ》が、探偵のように知的に煌《きら》めく。

「こういう想定復元で、サイズや枚数に不明がある場合、まず当時の礎石や建築様式を参考にして作品の寸法を推定する。去年、先輩が縮図しか残ってない障壁画を復元する時に計算していた。これが分かっていないと、作品の見え方や作画技法なんかに影響が出るから」

「でも、今回は襖のサイズが分かっています。枚数は欠けているけど」

城や寺の襖は、一般的に高さが五七《ごしち》（五尺七寸＝約百七十三㎝）や五八《ごはち》（五尺八寸＝約百七十六㎝）と呼ばれる標準サイズより、横幅が広い幅広《はばひろ》が多い。京間である日下部家の襖も、五七の幅広に該当する。

人見による見積り調査は終わっており、新居に納品する襖は、五七を十二面だ。すなわち、欠けている襖の数は三面なのだろう。

「建築科の友達に相談したよ。書画屋だった頃《ころ》の礎石の記録はないけど、土地の広さを鑑《かんが》みて、当時の日下部さん家《ち》は、二列四室型の比較的大きな表屋造り《おもてや》。江戸中期なら、一階建ての平屋か、厨子《つし》二階建てもありえるんじゃないか、という意見だった」

表屋造りは、職住共存の京都で多く見られた町屋形式の一つだ。通りに面した店舗と生活空間の主屋の棟を別に建て、中庭で隔てて、玄関棟で繋《つな》いでいる。『鰻《うなぎ》の寝床』と表現されるように、京町家は建物の奥行きが深いのが特徴である。

京都で生まれ育った真は、表屋造りを見学した経験がある。二列四室型ならば、通りに面する店の間《ま》に、この数の襖は適さない。襖戸十六面で仕切られた八畳一間あたりが妥当だろう。

「これだけの枚数があるんだ。家族が生活する座敷の一室を作品にしたと考えるべきだね」

土師と真の考えが合致する。

脳内にモノクロ写真のような古いフィルムが映し出される。質素な和室の襖に、絵筆を運ぶ着物姿の女性の後ろ姿を想像した。

「画家は工房じゃなくて現場で絵を描く。居住に相応しい内向的な部屋に絵を配置するとなると、おそらく雪香が描いたのは、襖だけだ。天井どころか長押《なげし》の上にも筆を向けていないと思う」

「でも、これ、壁ですよ」

真は戸惑い気味に指摘した。

「十中八九、襖絵の一部だよ」

「壁じゃないんですか⁉　どう見ても、襖を解体したようには見えませんけど」

「もちろん襖じゃないよ。襖絵を剝《は》がして、壁に貼《は》り付けてるんだ。しかも残っているのは、一部のみ。この松の幹は、あの襖の松と繋がりそうなんだよね」

土師が三番目の襖を指差す。言われてみれば、そう見えなくもない。松のなだらかな幹は、壁画から襖に伸びているように描かれている。

「切り貼りされているってことですか。じゃあ、この四つの戸棚も？」

「多分ね。大きさから考えるに、天袋か地袋に貼ったんだろう。……四つあるし、天袋が妥当かな」

土師が腰に手を当てて答える。

「天袋の絵柄には、一面ずつ独立して花が描いてあったり、横一列で一枚の絵になっていたりするけど、これは左右二面ずつが繋がっている絵だ。横一列で一枚の絵になっていない」

言われてみると、不自然さが目についた。どちらも草花が描かれているようだが、左側二面、右側二面で絵が分かれている。中央で開くタイプなので、そこを境にして分けた、とも考えられるが、閉めた時の見栄えがしない。普通、閉めた状態を優先してデザインするはずである。

「これは、こうが自然だよね」と言いながら、蔡が横一列に並んだ天袋を並べ替える。右側二面を、そのまま左側二面の下に、縦横二列になるように置いた。

真は両眉《りょうまゆ》を跳ね上げた。

「一枚の絵に見える！」

「この天袋は、そう大きくない。襖一枚分の絵を転用したんだろうね。そんでもって、あの壁が、天袋の下にあったんだ」

「なんで分かるんですか。もしかして、土師さんが解体してきたんですか？」

「そんなわけないでしょ。これも、剝がされた状態で倉庫にあったんだよ」

土師が壁の上部にある一本の横線を指す。

「真君、これが何か、分かる？」

真は首を傾げた。幅が三㎝の白色の横線は、線に沿って周りが黒ずんでいる。あたかも厚さ三㎝の何かが押し当てられていたかのように。

「書院造りで、天袋の下に何がある？　床の間の横、床脇《とこわき》」

「そもそも書院造りが分からないです」

さっさと降参して、スマホで調べた。祖母の家の和室を記憶から掘り起こすが、仏壇の横には生け花と掛軸が飾ってあり、横線に該当するものはなかった。

だが答えは、検索すると、すぐに出てきた。

「違い棚だ。でも、違い棚ならもう一枚、棚の跡があるべき……あっ」

さっき土師が、残っているのは一部のみと言った。

「足りないんだ……この壁、欠落してる」

「真、冴《さ》えてる〜！」

　蔡がグッと親指を立てる。

「欠けた部分は、どこにあるんですか」

「僕も気になって、運搬した時に訊《き》いたよ。日下部さんの親類が襖の一部を貰《もら》って、それを床脇と天袋に転用したらしい。壁の欠落部は、家を建て替える時に不運にも消失しちゃったんじゃないか、という話だった。日下部さんが生まれる前の出来事で、日下部さんのご両親も、詳しくは知らないそうだ。運良く、一部だけ返って来たんだろうね」

「じゃあ、やっぱり、どこにもないのか」

　真は肩を落とした。

「欠落部分を私たちが描くにしても、一枚半分の松を描き足せば良いんでしょ。何も手掛かりがないよりは、ましね。楽勝、楽勝」

　蔡の明朗な声が、真の胸を軽くする。確かに、松の一部が残っている事実は大きい。

「う〜ん。そうっちゃ、そうなんだけど……」

　土師が、同意を渋るような反応をして、それきり沈黙した。

　壁を凝視する土師の横顔を、蔡が待ち切れずに覗《のぞ》き込む。

「何が気に懸かってるの？」

「欠けた部分だけど、本当に松だけで良いのかな、と思って」

土師がおもむろに体の向きを変えて、襖へ歩み寄った。

「この一週間、スマホで撮った襖を見ながら、色々と考えてた」

土師は尻《しり》ポケットから白の手袋を取り出して、両手に嵌《は》めた。

「並べ替えてみよう。今、運び込んだ順で並んでるけど、僕の推測が正しければ、全部の絵が繋がるはずなんだ。二人とも、手伝って」

蔡と真は顔を見合わせ、従った。

三人であーだこーだ言いながら、パズルのように襖絵を合わせていく。二箇所だけ繋がらないところがあったが、十五分後には並べ終えた。

真は襖絵を見渡して、拍子抜けした。

「薄々気付いてはいたけど、この襖絵、四季花鳥図《しきかちょうず》ですよね。家宝にされた縁起物の題材にしては、ありきたりだと思いませんか」

蔡が微苦笑する。

「花鳥画は主題の中でも大きなジャンルだもん。昔から色んな人が描いてるし。狩野派だけでも、元信、松栄《しょうえい》、永徳、宗秀《そうしゅう》、探幽、常信《つねのぶ》……挙げたらキリがない。景気付けの代物としては無難かもね」

襖は右から左にかけて、春夏秋冬の花鳥が描かれていると思われた。

と、言うのも、夏と秋が欠落している。特に夏の欠落が大きい。経年劣化のくすみやシミ、破れで見えづらい部分が多々あるものの、春と冬は比較的はっきり絵が残っていた。

春は襖二面に亘《わた》って、桜の下に雉子《きじ》、躑躅《つつじ》が描かれている。雉子は冬から早春に愛《め》でる鳥だ。躑躅が咲く様は仲春から晩春への移り変わりを意味している。

「躑躅が切れてますね。次の襖に跨《また》ってるのかな。この定木に合う襖がないですよね」

「それに続く二面が、床脇の壁に切り貼りされたんだと思う。きっと躑躅の残りと夏の木である松があるんだ。蒼松《そうしょう》はかなり巨大に描かれてる。四面分はありそうだね」

残っている松の幹以降は、秋の楓《かえで》の襖に繋げられる。

「じゃあ、天袋の絵は、秋草なのか」

「天袋に使われた襖の上半分が消失してるね。楓の下に孔雀《くじやく》がいるし、構図的に余白だったんじゃないかな」

土師の考察に違和は感じない。余白ならば、切り貼りした時に破棄されたとしても納得できる。

最後の冬は、襖三面に亘って、雪を冠《かむ》った南天《なんてん》と松の傍《そば》に立つ丹頂鶴《たんちょうづる》が描かれていた。四季は、四枚立《よんまいだち》が壁三面に並ぶ、計十二面に亘ると考えられた。

「春は雉子、秋は孔雀、冬は鶴。きっと夏にも何か鳥が描かれてますね」

「だよね」と、土師が安堵《あんど》するように口元を緩める。

「夏で描かれがちな鳥は、水鳥の鷺《さぎ》、鴛鴦《おしどり》、時鳥《ほととぎす》あたりが多い。探幽が晩年に描いた四季花鳥図の夏図は、水辺に生えた柳の下に佇む鷺がメインだ。でも、近くに水がない松に似合う鳥は、何かな。何でも似合いそうだよね」

「楽勝じゃなかった」と、蔡が苦虫を嚙み潰したような顔をした。

真は蔡と同じ気持ちだった。鳥に関する手掛かりは、襖からは見つけられない。

「問題は、肝心の鳥が何かってことですね」

う〜ん、と三人揃って首を捻る。

しばらくして、土師が「ハイ！」と元気良く挙手した。何か閃《ひらめ》いたのだろうか。

「夏の襖絵をまるっと二面、床脇の壁に転用したってことは、夏の鳥が一番、目を引いたんだ。この秋の孔雀より、もっといかしてたんだよ」

「もっといかした鳥って何？」

「……ごめん、まだ、そこまでは……」

蔡の突っ込みに、あえなく土師が小さくなる。蔡は真以外にも容赦なかった。

「てかさぁ、雪香の構図、お世辞にも上手いとは言えないよね。この人、本当に狩野派だった両親から教わったのかな」

蔡の唇が小馬鹿にするように弧を描く。

「探幽が見たら、ブチギレそう」

四

少しでも気を抜くと置いていかれる。

なぜ構図が問題視されているのか、真には、分からない。

「また、そんな言い方をして。ブチギレるほどではないでしょ」

「でも、余白のバランスの取り方が、どう見ても下手だよ。花や鳥の配置も微妙だし。雪信は大画面が苦手だったから、そのせい？」

土師と蔡の会話に集中して耳を傾ける。

（余白？　配置？　部屋に嵌めていないのに、並べた襖だけで分かるのか？）

日本絵画に造詣《ぞうけい》の深い土師と蔡は、真より気付く力がある。

「真はどう思う？」と蔡。

「俺に分かると思いますか」

「アハ、だよね。分っかんねーって顔をしてた」

また揶揄《からか》われた。噴飯する土師をキッと睨《にら》む。

「ごめんごめん、睨まないで。『探幽様式』だよ。清原雪信は探幽に師事してたから、娘も探幽様式で大画面を仕上げたはずなんだ」

「見て分かるものですか?」

「ある程度はね。冬の松や春の桜は枠内に収まってる。画面を溢出《はみだ》す永徳の画風から脱却して、画面枠を意識してたっぷり余白を取る瀟洒淡麗《しょうしゃたんれい》さは、探幽様式だ。両親に師事したのは間違いないと思う。ただ……」

土師が言い淀《よど》む。

「四季の流れがあるのに、バランスが綺麗じゃない。遠近感も微妙だし。欠けているから、復元したらまた印象が変わるかもしれないけど」

土師が謎《なぞ》を噛み締めるように続ける。

「総じて、下手でもないし、巧《うま》くもない。描写は濃密だけど、女性的な柔らかさを感じさせる雪信のような持ち味もない。このレベルの絵師なら、他にも京都にいただろう。遺作が残っていないのは、画家として人気がなかったからかもね」

昔は工房で働きながら名指しで注文を受けていた。作品が認められて注文が増えると、号が世間に広く知れ渡って、後世に名や遺作が残る。

この実力では、伝説と化した清原雪信の足元にも及ばなかっただろう。畏怖《いふ》するほどの圧倒的な巧さは、真も感じない。

「でも、人見先生は、とても素晴らしいもののように言っていました」

「怖いなぁ。良いものは良いって言う人だけど、先生はどこを見て感動したんだ?」

人見は欠失部の図案を、学生に一任している。下図を提出して、日下部が承認すれば、試作に入る手筈になっている。美術に詳しくない日下部は、余程不自然でない限りどの案でも受け入れるだろう。

「人見先生だって正解を知らない。でも、先生は雪香より腕は立つだろうし、審美眼も確かだ。先生に見えているものが、まだ僕らには見えていないんだ」

「だねえ。熟覧できるうちに気付かないと、作業が遅れちゃう」

眉間《みけん》に皺《しわ》を寄せて、土師と蔡が襖に釘付《くぎづ》けになる。真は二人の傍から一歩、離れた。

知識が足りない真は、人見どころか土師と蔡に見えているものすら見えない。見えない者は、同じ地点には立てない。感じる寂しさは、バンド・メンバーが楽曲や演奏の話題で盛り上がるたび、一人だけ輪に入れなかった時の疎外感に似ている。

(迂闊《うかつ》に発言して混乱させせないようにせな)

また一歩、後退《あとじさ》る。息を潜めて、気配を消す。

ここでも自分は、いてもいなくても問題ない人間だ。ジャンル違いの異質な存在。

足手纏《あしでまと》いにならないように、指示を待って、訊かれたら、答えて。あとは——。

トン、と踵《かかと》が装潢台の足に当たった。蔡が振り返る。

「遠っ！　でも良いね。私もそこで見る！」

蔡が追いかけてくる。

「じゃあ、僕も」土師が後に続いた。

二人の姿が迫って、視界から消える。軽やかな足音が鼓膜を揺らし、肌に微《かす》かな風を感じる。心に付くレースのカーテンがふわりと揺れて、中にまで吹き込んだみたいだった。

二人と同じ地点で、同じ景色に目を向けた。開《ひら》けた視界にずらりと並ぶ襖は、天辺《てっぺん》から端までよく見える。

でも、それだけだった。変わらず余白のバランスや配置の違和感を感じられない。真は力なく呟《つぶや》いた。

「俺には鳥がどこに描いてあるかぐらいしか、分からないな」

一拍後、「えっ⁉」と横一列に並んだ土師と蔡が、真を振り仰いだ。

「真君、欠けてる襖のどっちに夏の鳥が描いてあるか、分かるの⁉」

真は目を瞬いた。二人ともとっくに気付いていると思っていた。

「鳥だけは、開閉しても絶対に隠れないように、定木のある襖に描かれています。家だと襖を開けてる時間のほうが多いからかな。きっと雉子と夏の鳥の襖は並んでいて、松の枝先と一緒に上半分に配置してあると思います」

二人が放心したように黙った。

唐突に、土師が膝《ひざ》を抱えて座り込む。

何か見当違いなことを言っただろうか。

「あの、出しゃばってすみません」

「違う、真は悪くない。土師さんは今、先輩面して説明しておきながら、自分が気付けなかった事実に落ち込んでるの」

　蔡が淡々と解説する。

「私も気づかなかった。城や寺だと鑑賞しやすいように閉め切られているから、その見え方に囚《とら》われていた。でも、日下部さん家は生活の場だもんね。私たちが微妙だと感じた配置は、理に適《かな》ってる」

　蔡が得心したように笑んだ。

「ありがとう、教えてくれて」

「あ……いえ、別に……大したことじゃ、ない、です……」

　照れ臭さのあまり、返事がしどろもどろになる。久しぶりに味わう温かな感情が、体中に奔流となって広がった。

　どうしよう。

　凄く、嬉しい。

「土師さーん、元気を出して。真が気付いてくれて良かったじゃん。これで一歩、前進だよ」

「僕はなんて視野の狭い人間なんだ。あんな得意気に話して、穴があったら入りたい」

　土師が項垂《うなだ》れて、ぶつぶつ嘆いている。

真は屈んで、癖っ毛の旋毛《つむじ》に声を掛けた。

「気にしないでください。うちの大学は、他と比べて他科同士の関わり合いが希薄ですから。正直、俺もこういうのに慣れてないです。今日も明らかに俺のせいで時間を取らせているし、足も引っ張っている。なのに、仲間外れにせず教えてくれて、嬉しかったです」

土師がもぞりと顔を上げる。細い目を開いて、不思議そうに真を見る。なぜそんなことで嬉しがっているのか、心底分からないといった表情だ。しかも、わざわざ口に出して、変な奴《やつ》だとも思っていそう。

きっと土師は、真っ当な日本画を描く人だ。十色程度で彩られる世界は、本質を突き詰めた先の幻想を見せる。確信が持てた。

「実は、まだ気になっていることがあって。あの桜の木なんですけど……聞いてもらえますか?」

「もちろん。ちょうど僕も気に懸かっていたところだ」

土師が素早く立ち上がり、軽く尻を叩く。切り替えが早い。

右端に位置する襖には、満開の桜が悠々と左に隣接する襖に枝を伸ばしている。制作された当時は、柔らかな春の陽射《ひざ》しを受けて、薄紅色に輝く花が重たげに咲くように見えただろう。胡粉が重ねて塗り込まれているので、花弁《はなびら》が立体的な厚みを持っている。

「散っている桜の花弁が、胡粉のおかげで見て取れます。二枚目の雉子に舞い散っているように見えますが、一枚目にも吹き込んでいる」

「散り始めの桜を表現しているんでしょ。何かおかしい?」

蔡の発言は正しい。描かれているのは、満開から散り始めの桜だ。

「花弁の向きだよね。地面に落ちている花弁以外、空中を舞う花弁は、分かりやすく全部が同じ方向を向いている」

土師の指摘に首肯する。

「この桜、単純にバラバラとやかましく散っているんじゃないです。強い風に煽《あお》られて、左から右へと花弁が流れていきます」

「あれもだよね」土師が天袋を見やる。

秋草がなびいている。薙《な》ぎ倒される勢いで、逆の、右から左へ。四枚立を考慮すると、春と対角線上に向き合うので、桜と同じ風に吹かれていると、分かる。

蔡が楓の襖に走り寄って、「これもだ」困惑気味に呟いた。

紅葉した楓が、上桟《かみざん》から垂れ下がるように枝を広げている。空中に描かれた葉は、どれも冬に向かって吹き飛ばされているかのよう。

大きな風が吹いている。どこからか、強く。

人が安らぐ場を荒らすように。

「演出にしては強すぎる。これが何を示唆《しさ》するのか、突き止める必要があると思います」

五

その日、帰路に就いた真の背には、追い風が吹いていた。

「ありがとう」と言った蔡の笑顔や、土師の細い目がじわじわ開く様が、ベッドに入るまで繰り返し脳裡《のうり》に流れた。久しぶりに甘いぜんざいを食べた時のような幸福にも似た気持ちが、翌日から真をパソコンの前に貼り付けにした。

（まさかこんな形でバンド時代に培《つちか》った技術を使うとは思わなかった。ミュージック・ビデオを作るために、あれこれソフトに手を出したから）

数日かけて旧日下部邸の座敷の一室を3DCGで復元した。スマホで撮影した襖の画像を元に色を置き、欠落している襖を仮のラフ画で繋ぎ合わせて、CGに嵌め込む。

素人技だが、出来上がったCGのおかげで、当時の室内のイメージは鮮明となった。

（勝手に四季花鳥図だと思い込んでたけど、完全な四季花鳥図じゃない。孔雀は、秋の鳥じゃない）

孔雀は鸚鵡《おうむ》と共に舶来の鳥として画題となり、江戸時代以降に頻繁に描かれるようになった。尾形光琳筆『孔雀立葵図屛風《くじゃくたちあおいず》』、円山応挙筆『牡丹孔雀図《ぼたんくじゃくず》』、伊藤若冲《いとうじゃくちゅう》筆『老松孔雀図《ろうしょうくじゃくず》』——孔雀に季節はない。

土師が、蒼松にはどの鳥でも似合いそうだと言っていたが、あながち間違いではないだろう。夏に拘《こだわ》ると、正解から遠のく恐れがある。

真はCGをくるくる回しながら思索に耽《ふけ》った。

――風は、ここから吹いているね。

土師が着目したのは、襖十二面の中央――夏と秋の境目だ。そこから左右六面ずつで、風の向きが対になっている。

風を吹かせたいなら、春から冬へ、ぐるりと流れるように描く手もあったはずだ。なぜ、わざわざ部屋全体を通過するような描き方をしたのだろう。夏と秋の襖は常に開いていたのだろうか。

「――それで、CGの部屋だけじゃ座敷と襖の位置取りが分かりにくかったから、日下部さん家の模型を作ったっちゅーわけか。この大きさやったら持ち運べるな」

「模型制作なんて、一年の課題でやって以来だよ。売店の建築科コーナーでスチレン・ボードを買って、屋根なしの二列四室型を作った。CGで建物全部を作るより時間も掛からないし」

「ほんま。初心者向けみたいな間取りで、作りやすそうや」

土曜日の夜、自宅に来た凜太郎に、CGの室内と模型を見せた。週に一回、真は凜太郎に日本画の道具の使い方を教わっている。

凜太郎は、真が手作業で色付けしたCGの襖絵を見ながら、

「岩絵具にない色で塗っとるところが多いな。このショッキング・ピンクっぽい赤とか、赤寄り

のグレーとか、存在せんねん」

「そこは、ひとまず目を瞑《つぶ》って。まだソフト内に岩絵具のカラー・パレットを作ってないんだ。全部が適当だよ」

「彩色サンプルの照合も、まだやもんな。原寸大の写真はプリントしたから、来週にでもやるやろう」

保存修復業界では、原本の作品を高解像度スキャニングした後に、色調をカラー・マネジメント・システムで補正する。その後、凜太郎のような監修者によって校正され、原画に近い色調がデジタルで記録・保存される。

日下部家の襖絵は、復元模写した後にスキャニングして、大学の研究成果フォルダに保存される予定だ。これで復元模写した襖絵が日下部の家で劣化しても、復元模写直後の記録は残る。

「模型を作ってみて、何か気付いたか？」

「襖を十二面使える座敷は、この中の間と隣接する奥の間の二部屋だけだ。襖が置けないのは、中の間だと坪庭《つぼにわ》側、奥の間だと反対の奥庭側になる」

真は模型の坪庭に接する中の間の縁《ふち》に、人差し指を掛けた。中の間では、左隣の台所、右隣の押入れ、奥の座敷が襖を使用でき、手前の坪庭側は縁側を付けて障子《しょうじ》と雨戸で仕切られると想定した。

「なるほど。夏と秋の襖が二部屋の間仕切りになっとって、どっちの部屋になるかで、襖の方角が変わるっちゅーわけやな」

「夏と秋の襖が常に開いていたとなると、中の間と奥の間は、ほぼ繋がっている状態だったと思う。建物と一体化したアートにするために、雪香はこの二部屋に風を通り抜けさせたかったんだ」

取り外し可能に作ったコの字型の襖のパーツを、中の間に設置する。奥の間に置く時は反対向きにする。

「でも、どっちの部屋に配置するかで、風の向きが真逆になる。これが、分からない。何のために風を吹き抜けさせる必要があったんやろう」

凜太郎の相槌がないので、聞いているのかと訝《いぶか》しんで顔を向ける。呆気に取られたような目と、かち合った。

「よお考えてはるやん。正直、真がこんな真面目《まじめ》に取り組むとは予想外やったわ」

「心外だな。凜太郎君が押し付けたんだよ」

「それは、そうやけど……。もしかして、おもろくなってきた？」

「まあ」と、鼻の脇を掻く。率直に心の裡《うち》を吐露した。

「引っ掛かるんよね。なんで、こんな風変わりな襖が、日下部さん家の家宝になったのか」

「店が立ち直ったからや言うてたやん」

「でも、実際は日下部家の経営手腕のおかげだろ。画家の手柄にするんは、おかしい。親戚《しんせき》が一部転用するほどありがたがっていたのも、ちょっと盲信的な気がする。襖絵に何か特別な意図が隠されていないと、納得できない」

現状、元治《げんじ》の大火を免れて現存している歴史的価値くらいしか見出《みいだ》せない。

「自分の卑小さを晒《さら》すようで恥ずかしいけど、このレベルの作品が、誰《だれ》かの宝物になって、何百年も残っている事実が、受け入れ難い。……狡《ずる》いよ」

狡い。

羨望《せんぼう》と屈託が綯《な》い交《ま》ぜになった根深い嫉妬《しっと》が、自己を嫌悪させる。言えば、己の格を下げると分かっていた。

だが、普段なら表面張力であふれない心のコップも、凛太郎の前では、気が抜けたみたいに傾く。気付いたときには、暗い色の中身がドバドバ零《こぼ》れていた。

「俺がPintasで描いた絵は、全部、事務所に消されて、なかったものにされたのに」

刹那《せつな》、正面から我が事のように傷ついた気配が飛んできた。

真は、はっとして、

「ごめん、やっぱ、今のなし」

「なんやねん、なしって。お前が悪いことしたわけやないやん」

凛太郎が切なく笑った表情で返す。物憂げな眼差《まなざ》しが、落ちた。

「絵を描いたら、すぐ捨てるようになった原因って、そういうことか。いつか誰かに消されるぐらいなら、自分で捨てといたほうが、マシよな」

凜太郎は「そっか、そっか」と沈んだ声色で呟きながら、零れたコップの中身を見ていた。

真は凜太郎の大事なものを傷つけてしまったような悔恨を感じ、胸が痛んだ。

「次、新しい絵を描いたら、捨てんで僕にくれ。自分で大切にできんのなら、僕が大切にする」

唐突な哀願は、胸に沁《し》みて泣きたくなるくらい、優しくて、切実だった。身内の情から出た発言だとしても、凜太郎が真の絵を欲しがるのは、初めてだ。

……身内だからかもしれない。欲しくても、言えなかった。知りたくても、踏み込めなかった。真が父に対してそうだったように。もどかしくなるぐらい、遠くから気にするしかなかった。

真は驚きの表情を浮かべて固まり、ややあって、首を縦に振った。

悲しげだった凜太郎の瞳が、安堵の光を灯《とも》す。何かに気付いたみたいに、ふと、遠くを見た。

「昔、保存修復の道に進もうと決めた時に、叔父さんに言われた。文化財や国宝が身近になると、価値重視の先入観に支配される。でもまず、価値が与えられる前に、誰かが大切にしたものやという身近な見方を忘れるな――と」

追憶を湛《たた》えた声が、真の知らない父の一面を紡ぐ。

「音楽も絵も、芸術は人のために生まれて、人に振り回されてきたもんや。大切にされて欲しがられた美術品には、それなりの理由がある。巧拙は感動すんのに大事やけど、必ずしも一番の理由には、ならん」

真には良いものに見えなくても、日下部家には大切にしたい理由があった。構成美や写実の精度を抜きにして、日下部家が素晴らしいと感じた要素。

「まず先に、お前の言う〝特別な意図〟から探ってみたらどうや。なんで風が吹いてんのやろ――て、そこばっかり考えよったら、堂々巡りになる」

「……凛太郎君には、答えの目星がついてんの？」

「さあ、どうやろ。分かったら教えてくれ」

はぐらかされたが、あえて追及しなかった。

父への想念が揺らいでいる。凛太郎を薫陶《くんとう》した父の言葉を咀嚼《そしゃく》すればするほど、自分の作品を作っていなかった父の姿勢が、なぜか腑《ふ》に落ちるような感覚が近づく。

「あのさ、父さんがなんで日本画を描かなくなったか、知ってる？」

凛太郎が少しく間を挟んで、頷《うなず》いた。

「その話、叔父さんとした覚えがある。初めて模写で画料を貰った頃は、それだけで食っていけるわけもなくて、バイト三昧《ざんまい》の中で絵画制作をしてはったんよ。僕が小学生の頃も、まだ日本美術院展覧会に出してはった」

「そう。俺が生まれた後だよ。父さんが日本画を描かなくなったの」

「でも、その頃から、模写事業や調査研究の依頼が増えるようになって、忙しくならはったんよ。そもそも古典模写に魅了されてからは、自分で作品を作らんでもええと思ってはったみたい」

口内がじんわり干上がっていく。

自分の作品を認められてこその作家だ。だが父には、真が抱くような自己顕示欲がなかったのか……。

「それって、自分の作品を作るより、誰かが大切にしたものを守るほうにやりがいを感じていたから？」

「そういった想《おも》いに寄り添いたい気持ちは、あったやろうなあ」

凜太郎が記憶を掘り起こすような沈黙を落とす。

「誰かに大切にされて、価値が与えられた作品には、人を感動させる力が備わっとる。その感動を模写に写し取るんが、相当に難しい。でも、反映できた時の喜びは、ひとしおやねん」

凜太郎が模型の襖のパーツを掌上に掲げる。

「想像してみ？　当時の日下部家の心を打った襖絵を、完璧《かんぺき》に再現できたら……きっと日下部さんだけやなくて、僕らの心にも感動は二重になって残る。日下部さんは、必ず復元した襖絵を大切にしてくれる」

拳《こぶし》を突き出され、おずおずと手を出す。ころん、と真の掌《てのひら》に襖のパーツが渡った。

「達成感が半端ないし、満足するんよ。叔父さんは、復元の世界で必要とされとる人やったから。自分の作品に拘《こだわ》らんくなっても変やない。でも、人見先生みたいに、自分の作品作りを続けとる人は、多いで。模写事業も数が多いわけやないから」

凜太郎は真が何を知りたがっているのか、とっくに気付いているようだった。

「画家としてのプライドがないとか、才能がないからこっちに逃げたとか、思わんでな。ゼロから感動を生み出すより、オリジナルの感動を再現するほうが、叔父さんは楽しかったんよ」

真はうつむいて、小さく頭を揺らした。

これまで客死した父を散々惨《みじ》めに思っていた。作家としての知名度はなく、アイデンティティを放棄した情けない人だと。過去ばかり見て、現代の流行を認めない頑迷《がんめい》な人だと。

だが、矜恃《きょうじ》も、絵筆を握る理由も、見ている先も、すべてが真の範疇《はんちゅう》外にある人だった。

——原本が持つ感動まで模写する。

とんでもないことを、父は、していたらしい。

ふと、日下部が真《しん》に模写作品に求めているものが、その感動であるような気がした。

「日下部さんの話を聞きたい。下図なしに会ってもらえるかな?」

「良いと思うで。人見先生に相談したら、取り次いでもらえるやろ。でも、人見先生、真が気後れして二人に自分の意見を言えてないんやないか、って気にしてはったから、まず土師君と蔡さんに相談して、それから三人で人見先生にお願いするほうがええと思うで」

「そうだね。そうするよ」

真が微笑して頷くと、凜太郎は肩の力が抜けたように話題を切り替えた。

「そういえば、あれ、どうなった? 蔡さんに、花を描いてこい、言われとったやつ」

「それなら、凜太郎君の案で、上手くいったよ。——稲葉さんに教わっている途中なら、まだ筆は持てないね。絵を描くための準備がいかに大切かを、丁寧に教えてもらってるんでしょ」

蔡の真似をしつつ話すと、凜太郎がげんなり顔を歪めた。

「何、その遠回しなプレッシャー。僕がおらんところで、やめてや」

その日はもう、凜太郎の前でコップの中身を零さないように気をつけた。正直なところ、準備の大切さを口にした蔡の発言にも衝撃を受けたが、言わずにおいた。蔡の感想は当を得ていて、現に画塾で水墨画を体得している凜太郎は、墨の磨《す》り方の指導一つに長い時間をかける。

自分がこれまで軽んじていたものが、まるでオセロのように次々と覆されていく。こんこんと性根を打ちのめす正しさと、誠実さで。

この現実に逃げずに向き合うだけで、真は精一杯だった。

第三章　風の出所

一

日下部との約束が取り付けられたのは、六月一日の日曜日だった。大学の本部棟内のカフェは日曜日が定休日のため、大階段横に開店しているカフェが、会合場所に選ばれた。

自家焙煎《ばいせん》と銘打っているカフェの店内には、五十席近くある広々した空間に、馥郁《ふくいく》としたコーヒーの香りが漂っている。ランチタイムも終盤の時間帯は、人気が高いガトーショコラにフォークを刺している客が多い。

壁際の四人掛けのソファ席に、真のアイス・コーヒーと蔡の豆乳ラテが並び、その向かいに、日下部のアイス・コーヒーと土師のホット・コーヒーが並ぶ。

日下部は黒のチノパンにグレーのシャツを腕捲《うでまく》りして着用し、紺の本革ベルトの腕時計を左手首に付けていた。皺《しわ》がなく、襟が崩れていないシャツは清潔感があり、理知的な風貌《ふうぼう》も相まって、休日の小洒落《こじゃれ》たカフェによく似合う。

日下部が申し訳なさそうに眉《まゆ》を下げた。

「学生さんはお忙しいので、私が授業時間に合わせてお会いできれば良かったんですけど、急な有給が取れなくて申し訳ないです」

京都市内の広域流通商社に勤務する日下部は、襖《ふすま》を搬入した五月八日の午後に、前もって有給休暇を取っていた。搬入用のトラックも、日下部自身がレンタルしたそうだ。天気が不安定な中、果敢に搬入を決行した裏には、日下部の個人的な事情があった。

「模写制作は順調でしょうか？」

体調を窺《うかが》うような挨拶《あいさつ》めいた口調で核心を突かれ、今度は真らの眉が下がった。

「実は、難問が解けずにいて、下図がまだなんです。納得のいく仕上がりにするために、日下部さんに幾つか質問しても、よろしいですか？」

日下部が真正面にいる真の目を見て、頷《うなず》いた。

「私にできることなら、何なりと言ってください。でも、すでにお話ししたように、描かれた当時の経緯《けいい》や詳細は伝わっていません。今更、私がお役に立てるでしょうか」

「もちろんです。襖絵を復元したいと思われた理由を、教えてください」

透明のストローに添えられていた日下部の指が離れる。

「私の動機が、図案の手助けになりますか？」

日下部の顔に、困惑の色が僅《わず》かに覗《のぞ》いた。もっともな疑問である。

「直接的なヒントには、なりません。でも、依頼者の意に適《かな》う品に仕上げるためには、必要だと思っています。襖絵を描いた平野雪香も、当時の日下部家の事情をよく知っていたから、独自の構図で描き上げられたのでしょう。なので、まず俺《おれ》たちも、日下部さんのことを知りたいんです」

日下部がアイス・コーヒーのグラスに瞳《ひとみ》を据えて黙る。

真は、密《ひそ》かに土師と蔡と目を見交わした。もしかしたら意図が伝わりにくかったかもしれない。絵を描かない人間は、出来上がった絵しか見ないので、完成に至るまでの悩みや苦労に、あまり思い及ばない。

「無理に、とは言いません。俺たちが、日下部さんのお気持ちに寄り添いたいと思って、一方的にお願いしているだけなので」

日下部が弾《はじ》かれたように瞳を上げた。

「とんでもない。そのお心遣い、とても嬉《うれ》しいです。若い子たちに、自分の子供時代の話をするのは勇気が要るので、躊躇《ためら》ってしまいました。でも、人見先生を信頼してお願いしたのは私ですから、ちゃんとお答えするべきですね」

日下部は隣に座っている土師に顔を向けた。

「土師さんは襖を運ぶ時にお手伝いしてもらったので、うちの蔵を見ていますが、実は、もうないんです。先日、取り壊して、蔵だった分の土地も新居にする予定で、工事が始まりました」

「古そうな蔵でしたもんね。あの蔵だけは、かなり昔からあったのでは？」

土師の指摘に日下部が首肯する。

「江戸時代からあったと思います。子供の頃《ころ》、親に叱《しか》られるたびに、蔵の中に閉じ込められていました。親の気が済むまで出してもらえず、中で夜を明かすことも少なくなかったです。二階に小窓が一つあるだけだったので、昼間でも真っ暗で、埃臭《ほこりくさ》かった」

「それは、かなりきついですね……。でも、そこに襖があったんですよね？」

「はい。家宝の割に保管の仕方が他の骨董品《こっとうひん》同様に雑で、美術品の価値が分からない親は、蔵の隅に平らに積んでいました。小学生の私も、知らずにその上に腰掛けたり、寝転がったりしていました。実は、襖の大きな破れは私の重みでできたものなんです。涙や涎《よだれ》を垂らして作ったシミもあります」

日下部が苦笑しながら打ち明ける。

蔡の口から小さな悲鳴が上がった。無知とは恐ろしいものである。

「一晩、出してもらえなかった時は、よく襖の上で寝こけていました。一番上にあった絵は鶴《つる》でしたね。鶴の周りを舞う雪が何片あるのか、数えながら寝落ちしたものです」

冬の襖を舞う雪は胡粉《ごふん》で描かれており、触れて確かめたくなるほど儚《はかな》く消えかけていた。

土師が含み笑いしながら尋ねる。

「あの鶴は所々絵が剝《は》げているから、子供には、ちょっと不気味に見えたのではないですか?」

「どちらかと言うと、心細さが和らぎました。月明かりに、ぼんやり浮かび上がる鶴の青白さが美しくて……思い返すと、眠たくて、そう見えたのかもしれません。日中に見るとあまりに印象が違ったので、子供ながらに同じものかと目を疑いました」

「思い出深いものなんですね」

土師の声が柔らかく溶け、日下部が静かにアイス・コーヒーを飲む。氷の隙間《すきま》を満たすブラックが、三分の一、減った。

「私はあまり夢を見ない体質なのですが、襖の上で寝こけた時に、一度だけ夢を見たんです。何年も忘れていたのに、妻と家を建て直す話し合いをしている最中に、ふと、それを思い出しました」

夢というスピリチュアルでロマンティックな現象の登場に、真は虚を衝《つ》かれた。当惑を抑えつつ尋ねる。

「どんな夢を見たんですか?」

「見覚えのない和室で目が覚めて、鮮やかな鶴の絵に目を奪われる夢です」

隣で蔡がはしゃぐように口を開いた。

「新居の和室で、復元した襖絵を見る夢だ! たまに子供が見る予知夢ですね!」

「予知夢にしようと思って、依頼しました」

日下部の目尻《めじり》に、薄い皺が柔らかく刻まれる。

「祖父に、あの襖が店を立て直した縁起物だと聞いて、記憶に残っていたのでしょうね。不思議とあの夢を見てから、蔵に一人でいても怖くなくなりました」

どうやら動機は、子供の頃に抱いた愛着のためらしい。日下部は老朽化した蔵を壊すと決めたものの、襖を廃棄する決心がつかなかったのだろう。ボロボロのまま持っておく不安もあり、日下部なりに大切にする方法を模索した。

(日下部さんの身に不幸が起きているわけではないようだな。流石《さすが》に踏み込んだ質問は憚《はばか》られるけど、念のために確認しよう)

納品後に運気が変わらない、とクレームをつけられる事態は避けたい。

「何か、家宝に頼りたいほど困っていることが、あったりしますか……?」

「ないですよ。神頼みはしないので。でも、私の元にも、先祖を支えたような福が訪れたら良いな、とは思っています。お金は幾らあっても良いですからね」

日下部のさっぱりした笑顔を見て、安堵《あんど》する。

土師がテーブルに右肘《みぎひじ》を突いて、内緒話をするみたいに身を日下部に寄せた。

「その夢のお話、人見先生にもされましたか?」

「しました。私の希望を否定せずに依頼を受けてくださったのは、人見先生だけでしたので」

「ということは、他の方にもお願いされていたんですか?」

「復元模写を知らなかったので、初めは張り替えの専門店に相談しました。そしたら、それは画家の領分だと言われて、ネットで襖絵を描かれている方を探しました。数人、当たったのですが、復元ではなく、襖の数を減らして、構図をアレンジする提案ばかりされて……」

表情を隠すように、日下部が眼鏡のブリッジを押し上げる。

「九面だと使い勝手が悪いし、絵も繋《つな》がらないから、そのままは論外。絵具も耐久性のあるものに変えるべきだ、と言われました。でも、それでは別物になる」

沈痛な面持ちで、吐き捨てるように続ける。

「別物になるくらいなら、この手で捨てて、未練を断ったほうが良い。誰《だれ》か、私が見た夢を現実にしてくれる人はいないだろうか——そう悩んでいたところに、会社の同僚が二条城のことを教えてくれました」

真の眉宇《びう》が寄った。同じく怪訝《けげん》な表情をした蔡の前で、土師が身を乗り出した。

「二条城の障壁画《しょうへきが》が復元模写であることを、同僚の方はご存知だったんですね」

「同僚は、二〇二二年の十月から十二月に開催された二条城模写事業五十周年の企画を、観《み》に行っていました。初めて狩野派の原画と模写が並べて展示された企画です。そこで観た模写が私の希望に沿うのではないかと話した同僚は、私を二条城に連れて行ってくれました」

日下部が深く息を吸い、感極まったような声を吐き出した。

「二の丸御殿と展示収蔵館まで見終わって、これだ、と思いました。これなら私の襖も蘇《よみがえ》る」

二条城障壁画展示収蔵館では、通常、年に四回期間を定めて、御殿の部屋、あるいはテーマ毎《ごと》に選ばれた障壁画の原本が公開されている。一部ではあるが、殿内の模写と見比べることが可能だ。

土師が、すかさず切り込んだ。

「でも、二条城で採用されている方法は、古色復元模写です。名古屋城《なごやじょう》の復元模写のほうが、ご希望のイメージに近かったはず。二条城の年季が入ったような模写を見て、不安になりませんでしたか?」

保存のための模写は、どの状態を模写するかによって三つに区分される。現状模写、古色復元模写、復元模写だ。

現状模写は、文字通り、現在の退色した色調や剝落《はくらく》、汚れなどを、そっくりそのまま写し取る。

一方、復元模写は、障壁画が作られた当時の状態を再現する。

空襲によって焼失した名古屋城本丸御殿は、二〇一八年に、往時の姿に忠実に再現された。天井や欄間《らんま》、障壁画等も、建物に合わせて新しく優美な状態で復元されている。その内の上洛殿《じょうらくでん》には、狩野探幽が三十三歳の時に描いた傑作『雪中梅竹鳥図《せっちゅうばいちくちょうず》』や『帝鑑図《ていかんず》』がある。

古色復元模写は、現状模写と復元模写の中間に位置する。二条城の二の丸御殿に設置されている障壁画は、制作からある程度の年数を経た色合いになるように、古色が加えられている。理由は、障壁画が、他の建築部分も含めて総合的に鑑賞する芸術だからだ。

建築から四百年以上経《た》つ建材は、焼けて当時の檜《ひのき》の鮮やかさを失っている。そのため、古色を加えて、和紙より劣化が進んだ建物との調和を図っている。

狩野探幽が二十五歳の時の作品、まだ永徳の画風の影響を受けていた頃の代表作『松孔《まつく》雀図《じゃくず》』は、二条城二の丸御殿の三の間を飾っている。

日下部は、はにかみながら、顔の前で手を振った。

「その時の私に、気にする余裕はありませんでした。個人蔵の模写依頼を受けてくださる方がいるのか分からなかったので、その不安が胸を占めていました」

日下部の紅潮した顔を見て、真の胸が俄《にわ》かに熱くなる。日下部の襖に対する愛着が、語るより深いものであると感得した。

「大学に電話をしたら、人見先生が直接、話を聞いてくださいました。実際に現物を見てもらい、そのまま復元しないと勿体《もったい》ない、と言っていただいた時は、本当に嬉しかったです」

「人見先生は、襖が欠けているのを承知の上で、そのままと言ったんですか⁉　他に何か、言っていましたか⁉」

土師の剣幕に押され、日下部が顎《あご》を引く。

「かなり絵が残っているし、後世の補筆もなく、比較的、状態が良い。とても良い場所にお店を出していらっしゃったんですね――と」

穏やかな人見の声が、重なって聞こえるようだった。

あれで状態が良いと判断したのか。自分とは正反対の捉《とら》え方に、真は愕然《がくぜん》として声を失う。

蔡は悔しさ半分、感服半分といった様子だった。

「私には消えている絵のほうが多く感じるし、十二面もあったなんて簡単に見抜けなかった」

「経験の差だね。これぱっかりは敵《かな》わない」

土師が肩を竦《すく》める。

「新居の間取りに関しても、アドバイスを貰《もら》いました。完全に復元するとなると、使える方角が決まっているみたいです」

真はテーブルに両手を突いた。――風の向きだ!

真を正面から見据えて、日下部が言いにくそうに唇を湿らせる。

「でも、これ以上は、口止めされています」

真はがっくし肩を落とした。

「そりゃそうだ。人見先生はずるを許さない。でも、日下部さんの気持ちを知れて、参考になったね」

土師の緑青《ろくしよう》を焼いたような色の瞳が、炯々《けいけい》と光る。

「次は、雪香の精神性を引っ張り出そう。どうやら八畳一間で完結する物語では、ないみたいだ」

二

日下部家は、京都市営地下鉄の東山《ひがしやま》駅から徒歩約十分の距離にある白川《しらかわ》に程近い場所だった。東山駅がある府道一四三号沿いは、飲食店やホテル、薬局の他に京町家を改装したセレクトショップ等が立ち並んでいる。絶えず車が行き交い、大きなリュックを背負った外国人観光客やスマホを注視する女子大生が、広い歩道を各々の歩幅で歩いている。赤い和傘を店頭に広げた喫茶店では、老夫婦が立ち止まって、看板に書かれたメニューを眺めていた。

カフェで話を聞いた後、真ら三人は建設中の日下部家に赴いた。府道一四三号から二本南に入った通りに、その家はあった。

真らは日下部に車で送ってもらい、工事中の家の前で降りた。見通しが良い。新居は型枠でコンクリートを固めている基礎工事の段階だった。これから仮設足場を組んで、木材の組み立てが始まるのだろう。

「まっすぐ南に下れば八坂《やさか》神社だ。祇園も近いし、この辺りは商売がしやすかっただろうね」

土師は乗車時からずっとスマホの地図アプリで位置を確認している。

真は画面を横から覗き込んだ。

「この辺りの土地勘は、ないですか？」

「まったくないわけじゃないよ。福岡から京都に越して六年目になるし」

土師が上目遣いに見上げる。

「京都は観光する所が多すぎる。古美術関連で出歩いても、散歩の趣味はないから、こんな何もない道を散策したりしない。麗華ちゃんも似たようなものだから、頼りになるのは地元民の真君だね」

「頼りにしないでください。家の近所やないんで、詳しくありません」

真が知っていて二人が知らない情報と言えば、八坂神社の近くにライブハウスがあることぐらいだろう。まったく役に立たない。

真は辺りを見回した。斜向《はすむ》かいに老舗《しにせ》の折詰弁当の専門店があるが、目に留まるのはそれだけだ。一戸建ての古い京町家と現代家屋が入り交じって建っている。土師の発言通り、寺院や博物館など古美術関連の建物はない。

道路は車が一台通れる程度の幅しかなく、背の低い電柱が左右交互に立っている。観光客どころか近隣住民の姿すらなかった。

静かだ。うら寂しい路地裏の匂《にお》いがする。ここなら襖絵が長年発見されずにいても、なんら不思議ではないように思える。

「一人で散歩どころか、同年代の方との外出が久々なんです。ちょっと緊張しています」

バンド・メンバーが上京して以降、真は友人と街を歩いていない。周りの目が怖く、外に出れば、後ろ指を指されているように感じる。そのせいで、他人と関《かか》わる映画館のバイトも辞めた。

「遊びに出掛けているわけじゃないし、緊張しなくて良いよ。僕たちの仲が悪くなっても、模写制作に支障は出ない」

「できれば、険悪にはなりたくないです」

真は、やや引き攣《つ》った表情で返した。どうやら土師は、公私混同しないと言いたいらしい。だが内心、この距離感で付き合っていれば、険悪になるほどの問題は起こらないと考えていた。知識や技術面での引け目はあるものの、土師の真に対する関心の低さと、模写制作への真摯《しんし》さには、気が楽になる。

土師は真に興味がないがゆえに、本質を見抜く目を向けてこない。そこに安堵する。平面に落とし込む対象にだけ感覚を研ぎ澄ますクールな一面は、余計なものを感じずに生きていく土師なりの処世術だ。おかげで真が初めに抱いていた苦手意識も、いつのまにか服の裏側にある見えない虫食い程度になっている。

一方で、蔡はたまに真自身を意識した発言をする。だが、我慢できる程度の煩わしさだ。これが個人の才能ありきの制作チームなら、耐えられなかっただろう。衝突も容易に起こり得る。

そうならない主たる要因は、美大の中でも、模写制作チームの雰囲気が独特だからだ。ここでは、各々の個性や芸術性を意識せず、才能を振り翳《かざ》さない。それらは蚊帳《かや》の外で、常に意識は原本への探究心に注がれている。

己の個性を殺して、画家の代役になりきるためにはどうすれば良いか。土師と蔡は、それのみを、真剣に考えている。

「今更な質問ですけど、お二人は、なんで保存修復の研究室に入ったんですか？」

口を衝いたのは、何気なさを装った質問だった。

日焼け止めクリームを腕に重ね塗りする蔡の手が止まった。陽《ひ》の光に溶け出しそうな白い肌が眩《まぶ》しい。

「今、その話をする⁉　そんなの一つしかない。私も時代を動かしたいから！」

「日本画の強度を上げるため」

蔡と土師が、何を言ってんだこいつ、といった表情を互いに向け合う。真もそれぞれの回答の意味を摑《つか》みあぐねた。

「土師さんの答えは、何となく、分かります。でも、蔡さんの時代を動かすって、何……。模写で時代は動きません」

「日本語って難しいよね。無理しないで良いよ」

「バカにするな！　私も、いつか名古屋城みたいな感動を、誰かに味わわせたいの！」

蔡が可愛《かわい》らしく頰《ほお》を膨らませる。

「さっきカフェで土師さんが言っていた、名古屋城本丸の復元模写ですか？」

「生で見たことある？　凄《すご》いよ。客をタイム・スリップさせるんじゃなくて、江戸時代の城が令和にタイム・スリップしてるの。さも将軍家が現代をときめいているみたいで圧倒される。自分を場違いに感じた。誰がこんな怖い魔法を掛けたんだろうと思った」

蔡の明朗な声が、熱く、感嘆の響きを伴う。

多くが模写制作指導者を紹介する立札を素通りする中、一人だけ、その前から動けなくなった蔡の姿を想像した。

「私、元々アニメーターになりたくて、キャラクター・デザイン科に入学したの。でも、名古屋城の衝撃が忘れられなくて、日本画科に編入した。名古屋に推しのライブを観に行って、暇潰《ひまつぶ》しついでに観光したら、人生が変わっちゃった」

アニメーターの動画マンも、いわばトレースのプロだ。だが、古典模写制作はアニメーターのように必ずしも仕事に恵まれるわけではない。大きな模写事業に携われれば継続的に画料が入るかもしれないが、駆け出しの収入はアニメーター同様に厳しいだろう。どちらにしろ、長く親の仕送りを必要とする。外国人の蔡にとっては大変困難な道だ。

「編入は正解だと思います。でも、蔡さんは古典模写より、画家としてもっと上を目指すべきです。大学側も、それを期待して京楽芸術賞を授けたと思います」

「もちろん、腕は磨くよ。古典研究をしながら、いつか香港で個展を開きたい夢もできた。新しい夢のほうが、遥《はる》かに壁が高いよね。模写の経験は無駄にならないから、今回の模写制作が修士に回されると知った時は、絶対に参加したいと思った」

蔡の決然たる眼差《まなざ》しが、真の心の表面を引っ掻《か》く。

(模写が、人の人生を変えることがあるのか……)

――原本が持つ感動まで模写する。真は成功作が持つ影響力を甘く見ていた。

「土師さんこそ、強度を上げるためって、どういう意味？　スキル・アップ？」

蔡が土師に詰め寄る。

「そのまんまの意味だよ。模写では、画家の精神性を重視するだろ。筆遣いを見ながら、この画家の絵は線が弱いな、繊細な性格だったんだろう、でも、頑張って絵師として生きた人なんだろうな――そうやって作品を通じて画家の内面を見ようとする」

「おかげで、私も普段から2Dを通して3Dを捉える癖がついた」

「僕は読まれたくない。だから、強度を上げる。盗める技は全部盗んで、隙のない日本画を描く。でも、結局は、こういう生意気な性格を読み取られるんだろうけどね」

自嘲《じちょう》とも自尊ともつかぬ歪《ゆが》んだ笑みが、土師の唇の端に滲《にじ》む。聞いているほうが切なくなるくらい、投げやりな口吻《こうふん》だった。

「僕の話はいいよ。それよりも、襖の謎《なぞ》を解こう。人見先生は、ここを商家にとって良い場所と言われた。雪香は土地と一体化したアートを作ったんだ」

蔡の表情が切り替わる。

「方角を特定しなきゃ。風は、ここで発生するわけじゃない」

「あの風の強さは、日下部家が『通り道』になっている、と考えたら良いんじゃないかな。つまり、店を通った後か、店に吹き込む前か」

京都市内は碁盤の目のように街路が南北と東西で直交している。通りに面した日下部家の玄関は、南側だ。四季の花木は、一年中、絶えず南風か北風が吹いている状態を表現している。

推測される襖絵のテーマは、経営が二度と傾かない未来だ。四季の花木が『年中』を意味するように、四羽の鳥は『吉祥』であり、強風にも何かしらの役割があるのだろう。

「雪香も、ここを歩いて店に行ってたのかな」

真は見晴らしの良い日下部家を振り仰いだ。

土師が真の独り言に振り返り、その視線を辿《たど》る。

「何度も通っていたと思うよ。きっと日下部さん家《ち》で和紙を買っていたんだ」

潰《つぶ》れないで欲しい、と、切に願ったのだろう。

平野雪香がどんな暮らしをしていたかは、想像に難くない。駆け落ちした両親の元に生まれ、狩野派を名乗れずとも、その技法を修得しようと励んだ。

清原雪信は十七歳で駆け落ちし、京都で暮らして、天和《てんな》二年（一六八二年）に四十歳で逝去したと伝えられる。元禄《げんろく》十一年（一六九八年）の説もあるが、真偽は定かではない。平野雪香が襖絵を描いた歳は、推定二十代後半から三十歳だ。母親が四十歳で亡くなっていたとすると、おそらく亡くなって五年から十年は経っている。

親の知名度がなくとも、細々と描き続けられるほどに、嫁ぎ先が裕福だったのかもしれない。打算があっては、十二面の大作を描き上げはしないだろう。たった数人の一家族の目にしか触れない。金にもならない慈善活動だ。真ならばやらない。

それができるお人好《ひとよ》しだから、三百年が経っても、忘れられずに大切にされている。

ザァッ、と背後の植込みで梢《こずえ》が揺れた。

「風は、何かを運んできている……もしくは、何かを追い出している……」

真の独り言に、土師が片眉を上げる。

「どこから、何を運んでくるんだい？　追い出すなら、店の悪い気だろうね。北風一択だ」

「南にあるのは、八坂神社。北は、ここからだと平安《へいあん》神宮が一番目立ちますね」

「どっちもしっくり来ないな。八坂神社の祇園祭は疫病消除を祈るものだし、平安神宮の祭神は天皇だ。ついでに言うと、平安神宮は、雪香が生きた時代にはまだなかった。もっと別のものじゃないかな」

「探しに行く？」蔡が小首を傾《かし》げる。

土師が何かを気にするようにスマホで時刻を確認した。

「もう四時に近いね。僕、五時からバイトなんだ。少し散策したら、続きは来週末にしないかい？　どうせ次は光学調査をするだろうし」

「来週末は無理だよ。ね、真」

蔡に同意を求められ、真はあからさまに動揺した。まるで蔡と二人で何か用事でもあるような言い方だ。

「な、何もないですが⁉　誤解を生むような言い方、しないでください！」

「真は一足先に夏をTikTokしに行かないの？」

土師が「は？　夏を何だって？」耳横に手を添えて聞き返す。

「大阪でビーチ・フェスがあるんだよ。推しのボイグル（ボーイズ・グループ）が出るから観に行く予定なの。それにPintasも出るから、真も行くとばかり思ってた」

真は言葉に詰まった。颯太から観に来てほしいと招待を受けている。だが、迷ったまま、返信できていない。既読スルーの状態は、行かない意思表示と受け取られているだろう。それでも良いと思い始めていた。

「五月末に出た新曲、真が手伝ってるんでしょ？　絶対、フェスで歌うよ。観に行かなくていいの？」

「新曲って、何のことですか？　俺はもう颯太たちの曲作りに関わってませんよ」

蔡が目を白黒させる。

「じゃあ、私の思い違いだ。てっきり真がネタを提供したものだと思ってた。今の聞かなかったことにして」

「そんなん言われると気になるじゃん」

土師が首を突っ込む。真も頷いた。

「じゃあ、今、見せるよ。ちょっと待って」

蔡がスマホの音楽配信アプリを起動する。新曲はお気に入り登録されており、すぐに再生された。

イントロから始まるドラムの四拍子のビートが、加速する鼓動とストレートに重なる。他の楽器が血管のように音を増やし、バンドの心臓である颯太のブレス音が、曲の覚醒《かくせい》を告げる。

真は警戒するように腕を組んだ。

「そろそろだよ」

蔡の細い指が画面右下の矢印をタップして、歌詞が画面全体に表示される。歌の進行に合わせて、ゴシック体の色が白く変わっていく。

相変わらず、満月のように聴く者の心を狂わせる魅力的な歌声だ。

真は食い入るように画面の歌詞を目で追った。

『映画や漫画に出てくるヒロインが嘆く——モノクロの世界。オレには、しっくり来ない。だって、君が鉛筆だけで描いた世界は、こんなにも鮮やか。笑って引かれた二重線。泣いて去った君の背中。心の接着剤が薄くなれば誰にも訪れる——モノクロの世界——黒すら褪《あ》せてく白紙の世界』

『♪《間奏》』に切り替わる。真の腕がダラリと落ちて、パフォーマンスは現在、直立中。

「絵具が顔料と接着剤を混ぜたものだって知ってるの、絵を描く人間ぐらいだよ。古参ファンの間では、ＭＡＫＯＴＯを懐かしんでる歌だって囁《ささや》かれてる」

ざらついた独自のサウンドが、頭蓋《ずがい》の内側に反響する。蔡の声が波のように遠のいた。

（なんやねん、泣いて去ったって）

（お前たちが俺を切り捨てて、そっちに行ったんやろ）

（散々利用して、二度と戻れなくさせといて、俺を歌うな）

凄絶《せいぜつ》で、ひりつくような怒りが込み上げた。悲しみが身の内側で暴れ、喉奥《のどおく》をコンクリートで固められたみたいに苦しくなる。

分かっている。アーティストであれば、経験は全部がネタだ。過酷な世界で生き抜くには、かつての友人すら使うだろう。

だが、利口な振りをしても、苦しいものは苦しかった。初めて意気投合した思い出すら、大事にされていない。高校の美術室の廊下に貼《は》り出された三十三枚の内、颯太は真が描いたデッサンだけをカラフルだと言った。真の絵を見るたび、宝石のように瞳を輝かせる颯太に、真は何だって打ち明けられた。

でも、今はもう、何一つ伝えられない。

真は衝動的に駆け出した。当《あ》て所《ど》なく。己の名を呼ぶ声を振り切って、無我夢中で走り続ける。堪《こら》えられなかった涙が、幾《いく》つも宙に散る。

横断歩道の信号は、真の足を棒にするために青を表示して、通行人をモーゼの海割りにした。渡り終わって狭い歩道に突入すると、色褪せた広告を貼ったままの古ぼけた煙草屋《たばこや》や、選挙ポスターをシャッターに貼った民家が並んでいる。太い電柱が、真の行手を阻むような位置に立っていて、腕がぶつかった。

真は人気《ひとけ》のない神社に駆け込んだ。大通り沿いに突如現れた古色蒼然《そうぜん》とした境内の隅には、黒いジープが一台、駐《と》まっている。

肩で息をしながら、赤い鳥居を振り返り、辺りを見回した。古い本殿と手水場《ちょうずば》、巨大な黐木《もちのき》の神木《しんぼく》。人の姿はない。折り重なる松の枝から木漏れ日が細い石畳に落ちている。小さな境内の中央には、舞台のような建物があった。

(狐《きつね》が二体……こんなところに稲荷《いなり》神社があったのか……)

穏やかな風が、たわむれに髪や頬を撫《な》でて去る。真は頬を濡《ぬ》らす汗か涙か判別のつかぬ水滴を、手の甲で乱暴に拭《ぬぐ》った。対に向かい合う狛狐《こまぎつね》の一方の台に、凭《もた》れ掛かって脱力する。

何も考えられなかった。ぽっかりと心に空洞ができたみたいに、冷たい風がヒュウ、と悲鳴めいた音で吹き抜ける。瞼《まぶた》を閉じた。

「——いた! 真、いたよ!」

意識を引き戻される。声のするほうに首を向けると、鳥居の下で手を振る蔡と、膝《ひざ》に手を突いて憎らしげに真を睨む士師が見えた。

「あんなに顔をクシャクシャにして走り出したら、ハンター魂が疼《うず》いちゃうよ」

「だったら一人で追いかけてくれよ。なんで僕の腕を摑んで走り出すかな。走るの苦手なんだよ」

ぜえ、はあ、と息を荒くして、土師が蔡に向かって悪態を吐《つ》く。

「すみません」

真の口から辛《かろ》うじて出た声は、掠《かす》れて、雪のように脆弱《ぜいじゃく》に解けた。

「どうした？　歌の通り、泣いて去った君の背中を、僕たちは追いかける羽目になったんだけど、ちゃんと説明できる？」

土師が緩くウェーブの掛かった前髪を掻《か》き上げる。

皮肉めいた口調に、一瞬、真の呼吸が止まった。

「歌の通りじゃないですよ。俺も颯太も、互いに背を向けて離れました。追いかけてきた人は、先輩たちだけです」

また涙があふれかけた。離れた距離は、身よりも心のほうが大きい。隠すようにうつむいて、目元を掌《てのひら》で覆う。「すみません」と何度も繰り返した。

「あまりに自分が惨めで、平静を保っていられませんでした。価値がないと烙印《らくいん》を捺《お》されて、何者にもなれない辛《つら》さに、ずっと苦しんでいたので……こんな風に都合良く使われたのが、虚《むな》しくて……」

返答に困っている気配を敏に感じ取る。関係ない二人に気を遣わせるべきではない。これ以上の恥を晒《さら》したくもない。真は顔を上げて、無理して笑顔を取り繕った。

「もう大丈夫です。土師さんもバイトに遅れちゃいますよね」

「とっくに遅刻確定だよ。早く行かなきゃ、バイト代が減る」

だが土師は動かず、真の顔をじっと見つめ続ける。

刹那《せつな》、ひんやりと冷たいものが、背筋を伝った。向けられたくないと思っていた目を、向けられている。

「真君は、バンドに全部を奪われたような顔をしているけど、何も奪われちゃいないだろ。作家性も十分じゃないのに、違う土俵にいたんだ。何をめそめそ泣く必要があるんだい」

同情の欠片《かけら》もない瞳が冷笑する。

「真君みたいに『何者にもなれないノイローゼ』になってる人を、何人も見たよ。そういう未練や執着は、熱に変換できなければ、何の役にも立たない。それどころか、重くなって筆を折らせる。だから僕は、さっさと捨てた」

土師がぐいっと顔を近づける。

「自分自身が見苦しかったら、自然と絵もそうなっちゃうだろ。そんな絵を、誰が見るの？」

囁かれて、鳥肌が立った。畏怖《いふ》の念が突き抜ける。

慰めが一切ない。絵だけでなく、土師本人にも無駄がない。孤高で、冷静で、強い。発する言葉の一つ一つが、真にはない強度でできている。

顔から火が出そうだった。眼差し一つで、濁った色の惨めさも、涙も、颯太に纏《まつ》わるもの全部が、くだらないものだと浮き彫りにされた。

誰より自身を憐れむ己を愚かしく感じる。目指すべきは颯太ではなく、目の前にいる人ではないのか？

「一応、釘《くぎ》を刺しておくけど、正確に自分のレベルを把握しておかないと、復元の時に模写対象の画家を、侮るよ」

穿《うが》った見方に涙が引っ込んだ。踵《きびす》を返す土師の背を呆然《ぼうぜん》と見送る。

「ねえ、これかも！」

その時、呼び止めるように蔡が声を張り上げた。いつのまにか舞殿《まいどの》の裏に回っていた蔡が、興奮気味に、本殿前に立てられている白い立札を指している。

「これ見て、これ！　当たりでしょ！」

引き返して来た土師が、立札に書かれた手書きの文字を抑揚なく読み上げる。

「太閤秀吉《たいこうひでよし》さんが出世を祈願され叶《かな》えられたことから満足《まんぞく》稲荷と命名される。開運の御利益で有名です。商売繁盛、家内安全、厄除《やくよけ》、開運、良縁。いろいろお願いごとをなさって下さい。満足稲荷神社」

読み進めるに連れ、土師の声色に驚きが滲んだ。

真もピンと来た。

「日下部さん家から、まっすぐ北に走ってきました。距離も遠くない。雪香は、ここの商売繁盛の御利益を、店に吹き込ませようとしたのかもしれません」

土師が顎下に指を宛《あ》て、境内をぐるりと見回した。

「思い出した。やっぱり、ここだ。襖絵を搬入した日に、何かが行われているのを見かけた。この辺りに白いテントが張ってあって、スーツや直衣《のうし》姿の小父《おじ》さんたちがいた」

土師がスマホで満足稲荷神社を検索する。年中行事のページに、その光景はあった。

「五月八日に行われていたイベントは、例大祭だ。この日に搬入を指定したのは人見先生だから、事前に日下部さんに相談して、有給を取ってもらったんだろうね。これは、人見先生が残したヒントだ」

蔡がふわりと破顔する。華奢《きやしや》な肩の上で、アッシュ・ブロンドのボブ・ヘアが軽やかに揺れた。

「じゃあ、答えは出たね。三人寄れば何とやらだ。復元成功をお願いしていこ」

三

研究室の白い壁に、Ａ４サイズのコピー用紙が十二枚、横一列に貼られている。鉛筆でざっくり描いた襖絵の下図だ。その真下には、真が作った旧日下部邸の模型が台の上に置かれている。

穏やかな目で下図を眺める人見は、腕を組んで、土師の淡々とした説明に耳を傾けている。

「満足稲荷神社は、元禄六年（一六九三年）に徳川綱吉《とくがわつなよし》によって現在の地に遷祀《せんし》されています。平野雪香は、この遷祀を利用して襖絵を完成させたと思われます」

模型の中の間に、土師が襖のパーツを嵌《は》める。東から北、西の計十二面に該当するコの字型だ。

「襖絵に描かれた強風は『金運』です。満足稲荷神社の場所が移った後、左京区の商家は軒並み栄えたとか。経営が立ち直った直接的な理由がどうであれ、奥庭から吹き込む風を感じるたびに、日下部さん家は励まされたと思います」

人見の目が、蒼松《そうしょう》に留まる。

「この松から飛び立つ鳥は、鷹《たか》ですね。なぜ鷹に決めたのですか？」

「日下部さんが復元模写を知った場所が、二条城だったからです。正解が分からなかったので、あえて日下部さんの思い出を入れました。二条城の四の間にある『松鷹図《まつたかず》』が印象的だったそうです。この松も横に長いので、参考にできると思いました」

鷹だと縁起も良く、切り貼りされた夏の鳥が孔雀より目立ったのではないか、という土師の意見にも合う。

ふむ、と人見が沈黙した。

土師と蔡から緊張が漂う。真も心を凝らして人見の横顔を窺う。

下図から目を外した人見は、真に向かってにこやかに尋ねた。

「進捗《しんちょく》は順調そうですね。――続けられそうですか？」

厳しい講評は、ない。水を向けられた真は、内心ほっとしながらも、力強く頷いた。

「もっと貢献したいと思っています。この先、俺に何ができますか？」

「一ヶ月前とは顔つきが違いますね。やる気があるなら、課題を出しましょう。稲葉君から道具の使い方を教わっていると聞きました。稲葉君は、狩野派の皴法《しゅんぽう》や樹法にも長《た》けているので、ゆくゆくはそちらも習ってください」

人見は凛太郎を稲葉君と呼ぶ。

「課題は写生です。明日から毎日一枚ずつ、花や木を写生してください。鳥でも構いません。色まで塗れたら尚《なお》良い」

「やります」真は即答した。

「実は、もう、やっています」

現在、自分がどれほど小さくて不安定な陣地にいるかを痛感している。

凛太郎から聞いた父の言葉や、蔡の人生が変わった話、神社での土師の言葉が、胸に響いて、己を反省の部屋へと促した。その中では、思い上がった過去の自分と対峙《たいじ》した。

身長を超えるキャンバスに、他人が理解できない絵を描く快感と不快さ。手に脳が付いていると錯覚する疾走感。颯太が颯太自身と向き合って作った音楽を、さも自分のもののように勘違いしていた。

颯太と一緒に作品作りをする前に、自分自身と向き合って、頭の奥深くから湧《わ》き出るものを、細かく理解しておかなければならなかった。それがどんな線で、何色で構成されているかを、知っておくべきだった。知っていたら、颯太の音楽に相応《ふさわ》しい絵を引き出せただろう。

膨れ上がった羞恥《しゅうち》が己の輪郭から噴き出して、いてもたってもいられない。駄目出しされていると感じた卑屈さを、かなぐり捨てた。脂身《あぶらみ》のように心にこびりついている過去の感覚を、徹底的に洗い落としたい。

「試作では、まだ役に立たないかもしれません。でも、復元の時には、俺にも筆を握らせてください」

「それは、真君の頑張り次第ですね」

人見がさらりと返す。

「この下図、日下部さんに確認してもらいましたか？」

「見せました。反応は良かったです」

土師が答える。人見が頷いた。

「では、試作に移りましょうか」

だが人見は、何かを言いたげに、真に目を遣《や》った。薄く開いた唇が、閉じる。何かを飲み込んだような間だった。

「……もしかして、俺のやる気は間違ってますか？」

「そんなことはありません。とても大事です」

人見が、真に配慮したように否定する。

「ただ、復元の心構えには、もっと別のものが大事になることを教えていなかったと思いまして。こういうのは、ああでもない、こうでもない――とやっていくうちに気付くものですが、あなた方が気付くには、与えられた時間が少ない」

復元の心構え、とわざわざ言い直したことが気になった。

「三人で知恵を出し合って、順調に進めている。とても素晴らしい。ですが、昨日までの成果が今日で覆る。それが、復元の世界です」

教師然とした人見の声が、謹厳と響く。

「自分の経験や現代の物差しで考え出した答えが、過去の画家の考えと合致するとは限らない。例えば、現代では価値のない技法が、過去では斬新《ざんしん》な発想だったかもしれない。大事なのは、昨日までの自分を疑う心構えです」

なぜそれを、真の顔を見て思い出したのだろう。

真の疑問が聞こえたみたいに人見の笑窪《えくぼ》が現れる。

「以前、ある復元模写で、数日かけて積み上げたものをすべて捨てた方がいました。新たに見つかった資料のおかげで、間違いに気付いたのです。また一から下図を描き直したその方は、絶対にこうだという思い込みが復元を遠ざける、と言われていました」

父だ、と直感した。記憶の彼方《かなた》から、本当にそれで良いのか？——父の疑《うたぐ》り深い口癖が届く。

「この言葉を念頭に置いて、この先の作業に入ってください。何かに気付いたら、どんな些細《ささい》なことでも、三人で検討するように。試作と本番の出来が違っても何ら問題ありません。ギリギリまで研究してください」

下図が完成しても、息を吐く暇がない。

今の言葉で、次は単純に模写する作業だと意気込んでいた気持ちが、吹き飛んだ。

段階が一つ終わる毎に安堵して、次に臨んでいた。だが、常に過去を疑い、真らと平野雪香との齟齬《そご》を気にしなくてはならない。

これだ！　と堂々と発表した下図も、たちまち、これでいいのか？　に変わった。案の定、蔡が顔を曇らせている。一方で、土師は飄々《ひょうひょう》としている。念を押されずとも肝に銘じているようだ。

「今日は、上げ写しをします。一人一枚ずつ襖を選んで、写真の上に薄美濃紙《うすみのし》を敷いてください」

此方《こちら》の不安も知らず、人見が朗らかに促す。

上げ写しは、模写や修理等に用いられる技法の一つで、いわゆるトレースである。手本の上に薄い和紙やトレース紙を載せて、残像現象を利用して線書きする。今回、原寸大のカラー写真の上に、巻き取った薄美濃紙を敷き、線描部分を墨を用いて上げ写しする。

「襖は十二面あるから、各方角四面ずつ担当しよう。バラバラに選ぶよりも作業しやすいと思う。

どうかな？」

　土師の提案に、真も蔡も賛同する。

「誰がどの方角にしますか？　阿彌陀鬮《あみだくじ》で決めます？」

「歳上《としうえ》から決めるもんでしょ。最年長の僕から選ぶよ」

「じゃんけんで勝った人から決めよ！」

　蔡が高らかに掲げたグーの拳《こぶし》を見て、真と土師は大人しく従った。

　結果は、蔡が一番に勝ち抜け、次に真が勝ち、土師は完敗だった。

「私は東を描くよ。鳥も二羽いるし、一番やり甲斐《がい》がありそうだよね」

「俺は北にします。孔雀に挑戦したいです」

「じゃあ、僕が西ね。寒いの苦手なのに」

　冗談を口にしながら、土師が蔡の肩を叩《たた》く。

「東西で風の強さに差が出ないように気をつけよう。視覚的効果は絶妙だ。僕たちが崩したら、雪香の優しさが嘘《うそ》っぽくなる」

「なんだか、繊細な硝子《ガラス》細工を扱うようで緊張する」

「一番大事な復元部分は、雪香の思いやりだからね。似たようなものだと思うよ」

　真も違和感ないクオリティで東西の襖に繋げなければならない。間仕切りの襖で風が消えるような出来になっては、元も子もない。

まず真は、最難関である孔雀に手を付けた。

定木付の襖に描かれた孔雀は、雄《おす》が一羽だ。羽を閉じ、片足を上げて、突風の気配を感じたように首を擡《もた》げている。狩野探幽の『松孔雀図』の孔雀は飾り羽が畳に触れそうなほど長いが、平野雪香の孔雀はその半分ほどで、ボリュームに富む。

全身には鱗《うろこ》状の羽模様が均一に描かれており、克明な毛描きも見られた。飾り羽は擦《こす》れによって一部が消えているが、残っている目玉模様を参考に描き足せる。

「羽の線が所々切れてるんよなあ。首や体の線は残ってるのに、なんでやろう？　絵具と一緒に剝落《はくらく》してるっぽいけど……そんなことが有り得るのか？」

途中まで進んだところで、筆が止まった。屈《かが》みっ放しの背を伸ばす。板の上に正座をして描く体勢は、慣れないと、かなりきつい。足が壊れそうだ。

一旦《いったん》、胡座《あぐら》に変えて思惟する。

「もしかして、羽模様だけ、絵具の上から描いたんかな」

そう考えると、絵具と共に描線が剝落しても不思議ではない。

「何か気が付いたかな？」

肩口から人見の声がして、真は反射的に身を反らした。人見の顔を見て、推測した羽の描線が途切れ途切れになっている理由を伝える。

「その通りですよ」人見がしゃがんで、孔雀の首の付け根を指した。

「こういう輪郭に沿って絵具が剝落している場合、彫塗《ほりぬり》という塗り方であることが推察できます。初めに引いた線を塗り潰さないように、また、線の際《きわ》から離れて塗り残しを生まないようにする最も丁寧な彩色方法です。ほとんどの植物と鳥で、この彫塗が確認できます」

「じゃあ、全体に色を置いて、その後に体表の羽模様を描き起こしたんですね」

「途切れた部分を補って、写してください」

「分かりました」

真が真剣に返事をする傍ら、人見がふふ、と息を洩《も》らす。どうやら真が描いた線を見て笑っているようだ。

「カチコチの線だね。完璧《かんぺき》に模写しようと気負っているせいで、硬くなっている。肩が凝ってしまいますよ」

平野雪香の線と見比べると、確かに初心者らしい硬い印象を受けた。——難しい……。

「画家の性格を意識しながらなぞってごらん。真君は、平野雪香はどんな性格の人だったと思うかな？」

「他人を思いやれる人です。苦境に立つ日下部家のために、頭を捻《ひね》って、運気アップを狙《ねら》った大作を描き上げた。でも、優しさの掛け方がずれていると思います」

間違っているとまでは思わない。迷惑だったら、襖はとっくに捨てられている。

「自分にできることをしたんでしょうけど、もっと商品を買ってあげるとか、他に助け方があったと思うんですよね。これで店が潰れたら、ただの自己満足ですよ。……俺みたいに、絵に無力感を抱いていたのかもしれません」

真は孔雀を見下ろした。濃密な筆致《ひっち》で、孔雀の優美さを表現しようとしている。毒々しくなる一歩手前の完成度だ。これが清原雪信だったら、線を減らして、親しみやすい柔らかさを帯びたものとしただろう。

きっと当時も、母親だったら——と陰で比較されたはずだ。

求められていない。別に自分が描かなくても誰も困らない。なのに、飢えが筆にしがみ付かせる。ままならない辛さ。いつしか絵を描ける特技を弱点のように感じる。真がそうだった。

「打算があってはできないと、最初は思っていました。でも、本当は打算塗《まみ》れだったんじゃないかという気がしています」

「雪香にどんな利があったと思うんだい？」

「あくまで憶測ですが」と、真は面相筆《めんそうふで》を筆置きに寝かせた。

「日下部さん家の蔵には、襖の他にも、古い骨董品が残っていたそうです。もしかしたら、ただ画材を売っていた店ではなく、書画骨董の店だったのかもしれません」

「骨董品収集が庶民に広まったのは江戸時代だから、十分に有り得ますね。骨董商であれば、画家の絵も集まっていたでしょう」

「俺もそう思いました。ネットがない時代ですから、画家や絵が欲しい客が方々から訪れます。

そういう人たちの目に留まれば、口コミが広がって、注文も入りやすくなると思います」

清原雪信は大画面より掛軸を得意とした。平野雪香も描いていただろう。だが、日下部家であえて大画面の作品を仕上げた魂胆は、母親とは違う個性で名を上げるためだ。

「土地の利を活《い》かした作品を作っている時点で、並以上のアーティスト性があります。当時の店主は目利きだったはずです。大画面を描ける絵師を探している客が来たら、紹介してもらえたでしょう」

「名を売る目的も兼ねていたわけだね」

「評判になれば客足も増えます。商品を買った客にだけ見せるようにすれば、売上にも繋がります。日下部家と雪香にとっては一石二鳥です」

人見が愉快そうに相槌《あいづち》を打つ。

「もしそうだとすれば、なかなか奇を衒《てら》ったマーケティングですね。でも、嫌いではない。百パーセントの善意で描いたと言われるより、よほど親近感が湧きます」

人見がフィルム越しの孔雀に目を落とす。

「筆遣いから、その狡賢《ずるがしこ》さを感じますか？」

真も目を戻して、黙考した。狡賢さや卑しさは、感じない。どちらかと言うと……。

「必死さを感じます。背伸びをしているような切なさがある。楓《かえで》の枝には力強さも感じられる。でも、豪胆ではなくて、殻を破りたいような苦しみに似ている。自分は大した画家ではないと自覚する勇気を、ちゃんと持っている」

「真君が最初に言った無力感かな。では、その必死さを意識してみよう。今も真君は十分、必死だと思うけど、何に対して必死かは、真君と雪香では違うよね」

否定できなくて、唇が変な感じに歪んだ。でも、恥ずかしがる場面ではない。技術不足は百も承知だ。

「上げ写しをした後は、礬砂引きした襖紙に転写します。その後、襖紙に写った念紙の線を、墨で描き起こします。意識して線を引いてください。君が今、言ったイメージを、再現できるように」

真は作業中の土師と蔡を一瞥《いちべつ》した。

「あの二人も同じように感じているとは限らないですよね」

「雪香が襖絵を描いた動機の根幹にあるものが善意だという意見は、同じです。三人ともそれを再現できれば、作品が持つ雰囲気は損なわれないでしょう」

人見が、不意に囁くように声を落とした。

「真君は、絵から波長を捉えるのが上手だね。さっきもよく雪香と自身との波長の重なりを見抜いた。稲葉君からは、視野が狭くなっていると聞いていたけど、何か、客観的に自分を捉える機会があったのかな」

隠す話でもないので、真はありのままを伝えた。話し終わったとき、人見の表情が微《かす》かに翳《かげ》った。

「土師君は、正論の伝え方が下手なのか上手なのか、いまいち、分からないね」

「俺からしたら、先輩っぽくて憧《あこが》れます。俺に希望も失望も抱いていない。近すぎない距離感だから、ストレートに響くのかも。凛太郎君に同じように言われたら、きっと鬱陶《うっとう》しくて腹を立てていました」

模写に没頭している土師を盗み見る。一切の音が聞こえていない様子だ。

「何と言うか、一匹狼《おおかみ》みたいな人ですよね」

「生きている作家だと、自分以外を信じていないんですよ。裏切られて傷付くのが嫌なので、同級生や後輩とも、表面的にしか仲良くできないんです。他科の真君が純粋に慕ってくれたら、土師君も癒《い》やされるでしょう」

意味が理解できず、はあ、と曖昧な返事が零れた。聞き返そうかとも思ったが、人見が立ち上がったので止めた。

作家が他人に対して壁を作る行為は、珍しくない。気にはなったが、本人が口にしない事情を、こそこそ訊《き》こうとは思わない。何せ互いの作品も見ていない仲だ。ここでは不要の情報だ。

だが、聞き返さなかった答えは、授業後に思いも寄らぬ所からもたらされた。

四

終業時刻を一時間過ぎて、真は上げ写しを切り上げた。想像以上に進まず、孔雀一羽分も終わらなかった。どうやら襖四面分の上げ写しには二ヶ月程かかるらしい。当分の間は毎日上げ写しをする予定にして、保存修復日本画研究室の建物を出た。

黄昏時《たそがれどき》の生温《なまぬる》い風が股《また》の間を過ぎ、湿気を孕《はら》んだ六月の空気がじっとり肌に纏《まと》わりつく。

研究室から駐輪場への道を、真は蔡の歩幅に合わせて歩いた。蔡は居残って真に指導してくれたが、土師はバイトがあるらしく、先に帰っていた。

「土師さんって、結構バイトしてますよね。日曜も夕方から入れてたし。いつ描いてるんだろう」

「天然岩絵具は高いからね。睡眠時間を削って描いてるみたいだよ。もっと寝たら身長も伸びるはずだ、って前に喚《わめ》いてた」

目を瞠《みは》る。

「生活費のためじゃなくて、岩絵具のためにバイトしてるんですか？　そういえば、売店も新岩絵具だけで、天然は置いてませんもんね。そんなに高いんだ……」

「全部がめちゃくちゃ高いわけじゃないよ。青が特別に高いの。産出量が少なくなってるから」

よっ、と蔡が段差を飛び降りる。外向きに跳ねた髪先が、茜色《あかねいろ》の光を反射する。

「天然のアズライトとラピスラズリ。一両が五千円や七千円ぐらいする」

思わず、足が止まった。——高っ‼

「それ、小瓶で買ったら、十万近くするんじゃないですか⁉」

「そうだよ。だからバイトを掛け持ちしてる。流石《さすが》だよね」

目眩《めまい》がしそうだ。自分が使うわけではないが、使う所を想像するだけで指先が痺《しび》れる。

「ちなみに、襖絵には、使いませんよね……？」

「日下部さんの予算もあるから、高い色は代替するらしいよ」

「よかった！　孔雀の群青が何万円もするって言われたら、練習どころじゃないですよ！　一枚に俺の命を懸けるところだった！」

「大袈裟《おおげさ》だなぁ。——じゃあ、私、徒歩で帰るから。また来週ね」

大階段前で、蔡があっさり手を振って去る。

駐輪場に着くまで、衝撃の余韻は尾を引いた。

(まだプロでもないのに、天然岩絵具のためにバイトを掛け持ちって、潔癖症レベルの拘《こだわ》りの強さだ。質以外にも理由があるんかな)

自転車の鍵《かぎ》を外して、スタンドを上げる。

列から出ようとしたところで、数台横から名前を呼ばれた。顔を振り向ける。

「やっぱ稲葉君やん。久しぶり！」

油画科の元同級生である来栖《くるす》大輝《だいき》が、屈託ない笑顔を浮かべていた。留年していなければ、来栖は現在四回生だ。

一年振りに見る精悍《せいかん》な顔立ちが、瞬く間に真を油画科の人間に引き戻す。真が《Pintas》の元メンバーだったことは、同級生の間では周知の事実だ。休学した事情を知る人間に出会《でくわ》して、内心たじろぐ。だが、来栖の邪気のない目を見て、すぐに凪《な》いだ。

誰に対しても明るく振る舞う来栖は、入学時から真に気さくに話し掛けていた。課題の相談も、来栖とだけはした記憶がある。現在の作風は不明だが、来栖は真と正反対で、平面より立体の制作を得意とする学生だった。

「誰かと思ったら、来栖君か。相変わらず爽《さわ》やかな風を吹かせてるね」

「覚えていてくれて嬉しいよ。復学したんだね」

「復学は、まだしてない。ちょっとした手伝いで来てて、今日もその帰り」

「休学中に手伝いって、何してるの？　真君、懇意にしてる先生がいたっけ？」

来栖が頭の上にハテナを浮かべる。

知られたくなかったが、誤魔化すのも不審がられるので、正直に答えた。

「従兄《いとこ》が奥美の職員で、今、大学と仕事してるんだ。それの助手みたいなもの」

「あーね。奥美ってことは、保存修復科か」

「日本画の大学院のほう——保存修復日本画研究室」

「そっちか!」

得心した顔が、ふと思い当たったように眉間《みけん》を曇らせる。

「そこって、確か、土師俊介って院生がいるよね。最近、ゴタゴタに巻き込まれて大変そうだね。こっちにも噂《うわさ》が流れて来てるよ」

予期せぬ名が出て来て、真は咄嗟《とっさ》に自転車のスタンドを下ろした。

「ゴタゴタって、何? 来栖君、土師さんと知り合い?」

「僕は知り合いじゃない。土師さんのインスタ、見てないの?」

首を横に振る。真はＳＮＳでの交流を避けているので、土師がアカウントを持っている事実すら知らない。

来栖がスマホを取り出し、Instagram のアプリを開く。

人見の意味の分からない言葉が、頭の片隅に残っていた。

「土師さんの作品が、大阪で個展を開いた自称日本画家に盗作されたらしい」

「なんっ、それ……」

言葉が出ない。

「土師さんの日本画は人目を引くよね。こういうの、上手《うま》くてまだ知名度が低い人ほど餌食《えじき》になるから。常識のない奴《やつ》に悪用されてもおかしくない」

心の準備をする前に、来栖が真の顔に画面を向ける。

「これが、その土師さんの日本画」

刹那《せつな》、清澄な青色が目に飛び込んだ。

タイトルは『丸葉の木』。構図はいたって平凡だ。ハート形の葉が何気なく折り重なる姿を、正面からありのままに描いている。

丸葉の木は紅葉が美しく、庭木として人気が高い。だが、土師が切り取っているのは、夜明け前の薄青い時間帯にひっそりと身を寄せ合っている青葉だ。まるで筆先で葉脈を撫でるようにして全体を描き上げている。繊細な青の濃淡からは、静謐《せいひつ》と凛気《りんき》、生命に宿る熱が、匂うように伝わる。

「そんで、こっちが、パクった作」

まったく同じ構図の絵が表示される。だが、何度もなぞって手垢《てあか》を付けたような塗りが、一目で別物だと悟らせた。陳腐になる危険性を孕んだ構図が、見事に陳腐に成り果てている。感動が急速に褪《あ》せて、真は鼻白んだ。

「青の発色が全然、違う。土師さんは琳派の垂らし込みの技法を使ってるけど、シタ側は十分に模倣できてない。撮り方や加工の問題じゃないね」

「完全にアウトでしょ。バレるのに、よくやるよ。しかも土師さん、パクられるの二回目らしい。前は学部生の時かな。詳しくは知らないけど」

「二回も……気の毒だな……」

怒りで血の気が引く。

「どんな理由であれ、パクる奴が悪いよ。その技術に達するまでの努力と、作品を生み出すまでの努力を奪っているわけだから」

その通りだ。模写する分には罪にならない。公に出さないか、模写だと明言すれば良い。この場合、自分の作品として個展で展示している点が問題である。

「もう解決してんの？」

「まだ。シタ側はアカウントを消してないから、逃げる気はないみたい」

「どんな人？」

「美大は出てない。自分で金を出して個展を開いたおっさんだね。相手が学生だからって、舐《な》めてんだよ。気になるならURLを送ろうか？」

「ありがとう。家に帰ったら覗《のぞ》いてみる」

「……顔色、悪いよ。思い出させるようなことを言ったのは僕だけど、真君の時ほどじゃないから、傷付かないでね」

来栖の苦笑に屈託が滲《にじ》んでいる。

「知ってたんだね。でも、俺は、されたわけじゃないから……シタ側やったから……」

真がまだSNSのアカウントを持っていた頃、真の絵をトレパクだと指弾した者がいた。

トレパクとは『トレース&パクリ』の略称で、模写をＳＮＳ上で自作として公表する行為を指す。一部をトレースしてあたかもパクった部分がないように見せかけた絵も含まれる。

トレパク元の絵は、フォロワーが数万人いる有名なイラストレーターの作品だった。海辺で花火をする青年を俯瞰《ふかん》で描いた絵だ。

有ろう事か、その青年をトレパクしたと言い掛かりを付けられた。

まったく身に覚えがなかった。それまでそのイラストレーターの存在すら知らなかった。だが驚いたことに、ポージングは同じだった。真は線路上で犬の散歩をしている青年を、俯瞰で描いていた。

画像同士が重ねて検証され、当のイラストレーターを巻き込むまでに騒ぎは大きくなった。

「あれは、俺とイラストレーターがベースに使った３Ｄモデルが同じだったせいで起きた不幸だ。たまたま同じアングルで、同じ頭身で、手足の位置も同じだったから、疑われた。俯瞰のポーズが被《かぶ》ることって、あんまりないから」

「でも、見る人が見たら、濡《ぬ》れ衣《ぎぬ》だって分かったよ。一つも線が被っていないのに騒ぎ立てて、見ていられなかった。やってる側は、匿名なのをいいことに、野放しの犯罪者を火炙《ひあぶ》りにでもしてる気分なんだろうね」

「罵倒《ばとう》したくてこじ付ける奴もいるぐらいだ。きっと人気バンドにいた俺への嫉妬《しっと》もあったんだろう。正直、まだＳＮＳに戻る気にならない。でも、土師さんにはお世話になっているから、ここまで聞いて放っておけない」

思い出すたびに吐き気がする。心ない言葉の一つ一つがナイフみたいに鋭利で、真は心臓を切りつけられたかのような痛みを感じた。だが、そんなものは、土師に比べると些細な痛みだ。されたた側は、作家としての誇りに深い傷を負う。今まで何のために努力して描いてきたのかと、打ちのめされる。盗作して描かれた作品が評価される事態になれば、された側は馬鹿を見る。

(凄《すご》く綺麗な絵だった。美しい、という感想以外を受け付けない高尚さを感じた)

一切の無駄がない薄塗りには、一朝一夕では培《つちか》えない深みがあった。目に見えるリアルの色が、土師の中で青に置換され、和紙上に引き出されている。

宿っている感動は、胸を突き刺す美々しさだ。一瞬で身の置き場を忘れてしまう。例えるなら、抜けるような蒼茫《そうぼう》たる青空。純度の高いドイツ人のブルー・アイ。天空の鏡と称されるウユニ塩湖の絶景。

まるで手の届かない深層に濃淡を付けたかのよう。目にした幸福と芸術への畏《おそ》れが、胸の底から迫《せ》り上がる。

——日本画の強度を上げるため。

内面を読まれたくない以外にも、理由がある。土師は、誰にも模写できない域の作品を目指している。そのためなら、易々《やすやす》とは手に入らない天然岩絵具にも手を出す。睡眠時間を削って、バイトを掛け持ちして、自由参加の受託研究にも参加する。

全部、他の追随を許さないためだ。
［土師さん、明日の夜、二人で呑《の》みに行きませんか］
帰宅後、土師にメッセージを送って、真はベッドに倒れ込んだ。土師のアカウントに載せられた絵を、一枚ずつ遡《さかのぼ》って眺める。
土師ほど直向《ひたむ》きに努力し、才能が悪運を招く人を、他に知らなかった。

五

「今日、僕は、どういった理由で呼び出されたのかな？　麗華ちゃんがいないから、親睦会《しんぼくかい》ではなさそうだね」

午後七時二十五分。京都市左京区の北白川にある居酒屋のカウンターで、真と土師は並んでビールを空けていた。十名が座れるカウンター席は全席、埋まっている。来店時は三組しか客がいなかったが、午後七時を過ぎて満席となった。けっして広くない店内は、時折、店主の胴間声が飛び、人気店らしい活気を見せている。

土師が出汁《だし》巻き卵を箸《はし》で小さく切っている右隣で、真は届いたばかりの奈良漬《ならづ》けバター・サンドを一つ、小皿に取った。

「飲みたい気分かな、と思って。迷惑でした？」

「そんなことないよ。ちょうど飲みたい気分だった。誘われなかったら、家で独り寂しく飲んでいただろうね」

昨日、更新されたInstagramの経過報告では、現在シタ側の男とメッセージの遣《や》り取りをしている最中とあった。

「なんで僕が自棄《やけ》酒したい気分だって、分かったの？　麗華ちゃんには口止めしてたけど、もしかして裏切られたかな」

「俺が土師さんのインスタを見ました。昨日の帰りに、たまたま油画科の同級生と会って、土師さんの揉《も》め事を聞いたんです。勝手に覗いて、すみません」

土師の箸の間からポトリと出汁巻き卵が落ちた。それまで噯《おくび》にも出していなかった土師の顔色が変わった。

「アカウントをオープンにしているのは僕だ。誰に見られようが構わない。でも、知っちゃったのか。気を遣わせたね」

「盗作されるの、初めてじゃないらしいですね」

「学部生の時にね。没にした下図を同級生が盗んで、賞に出したんだよ。入賞してなかったけど、なんだか自分の下図が不出来なせいみたいで、嫌だったなぁ」

「それで入賞したら、とんでもないですよ。その時は、どう対処したんですか？」

「人見先生に注意してもらった。二度としない約束を取り付けて、謝罪させた。それで許した」

呆れた。お人好しにも程がある。

「今回の件は、どう落とし前をつけさせるんですか」

「示談にしようかと思ってる。向こうは、僕の絵に憧れてやってしまったと言っていた」

「憧れているなら、尚更《なおさら》やっちゃいけないでしょう。模写以外の作品でも、アイディアを似せていました。土師さんが精魂を傾けて生み出した作品を、フリー素材扱いだ。自分の印象を少しでも良くするための方便ですよ」

「だろうね。引くぐらい狡くて、弱い。早く完成度を高めたくて魔が差したんだろうけど、あの再現度じゃあ、高が知れる。僕の絵を分析できるレベルに達していない」

それは真も見抜いていた。盗作した男は、土師がどの順番でどの色を重ねているのか、読み解けていなかった。

「AI絵師も出てきて勘違いする輩《やから》が増えたけど、本来、絵は時間が掛かって面倒臭いものだ。作るにしろ、鑑賞するにしろ、芸術はタイパ良く楽しめるようにできていない」

「絵をじっくり鑑賞しようとすると、時間が掛かりますもんね。作品を作り出すとなると、さらに何倍もの時間が掛かる」

「だから、報われるためには、まず技術向上のための地道な努力が必要で、それから売れるための活動だ。彼は順番を間違えている」

舌の上に広がる奈良漬けバター・サンドのような、甘くてしょっぱい言葉だった。憤激するところか、土師は慣れのせいか、どこか恬淡《てんたん》としている。示談を甘いと思う真のほうが、当事者らしく憤っていた。

「土師さんの絵は、スケールが小さい題材ばかりなのに、大自然のような静けさと烈《はげ》しさが共存しています。絵具への拘りは、盗作を切っ掛けに生まれたものですか？」

「背を押した一因ではあるよ。パクリ魔を引き寄せないためには、一目で分かる再現不可能なレベルの差を見せつけなきゃいけない。でも、それとは別で、子供の頃から、青には手を伸ばしても届かないイメージを抱いてた。同時に、どこにでもある身近さも感じる。早く自分の色にしたくて、色々と模索している」

「俺には、とっくに自分のものにしているように見えました。土師さんの創作を構成する色が、あの純粋な青なんですね。どうやったらそれを見つけられるのか、一杯、奢《おご》るんで、教えてほしいです」

「他人に教わるもんじゃないだろう。でも、ありがとう。……ちょっと、嬉しい、かも」

土師がニヤつくように笑って、グラスを呷《あお》る。頬がほんのり赤い。

「向こうも、僕の青を自分のものにしたいと思ったんだろうな。これが江戸時代以前なら問題にならなかっただろうに。法律ができて、模写の認識も百八十度、変わった」

気の毒そうな呟《つぶや》きに対し、真は小首を傾げた。

「探幽の粉本《ふんぽん》主義は、狩野派の分業制作を支えるものですし、それで作られた作品は盗作に当たらないと思いますが」

「そういう意味じゃないよ。インプットとアウトプットの意味合いが、現代とは違うんだ。今じゃ盗作と呼ばれる行為が、昔は制作の常套《じょうとう》手段だったのさ」

「さっぱり分かりません」

土師が、しまった、といった様子で眉を下げた。目が据わっている。

「この話は夏休み前にしようと思ったのに……うっかりした」

「酔ってますか？　気になって眠れなくなるんで、教えてください。先輩風ビュウビュウでお願いします」

「そこまで言われちゃあ、仕方ないね」

土師がまんざらでもなさそうに前髪を払う。酔っ払っても切り替えは早い。

生麩《なまふ》田楽《でんがく》を運んできた店員が去ってから、土師はテーブルに肘を突いた。

「現代では、オリジナルの作品が売れることこそ、画家の存在意義だ。でも昔は、他人の画風に似せて描く技術が求められた」

「土師さんとは違う作風の俺が、土師さんっぽく描く、ということですね」

「そうそう。真君が僕の絵に似せて描いた絵には、真君の署名の後に『仿《ほう》土師俊介筆様』の文字を添える。僕の場合、『青い日本画』が特定の画題に結びつくから、その文字は僕の作品に似せて描いたものですよ、と言明する証《あかし》になる」

「つまり、他人の画風に似せた絵の注文が、実在していた」

あくまで贋作《がんさく》ではないが、贋作のようなもの、と言えるだろう。このグレーゾーンを、かつての日本は認めていた。

贋作や贋作的な作品が生み出される要因は、需給の偏《かたよ》りである。稀少《きしょう》な美術品を求める人は、いつの時代も、美術品の数以上、存在する。

「画風のことを『筆様』や『筆意』と言うんだよ。墨梅図《ぼくばいず》で有名な王元章《おうげんしょう》や、人物図で有名な梁楷《りょうかい》や顔輝《がんき》といった宋《そう》・元《げん》時代の有名な画家の絵が欲しい客が、似せた絵を求めたんだ。本物は手に入らないからね」

「じゃあ、何人もの巨匠の筆様をマスターしていたら、仕事には困らないですね」

「だから模写して覚えたのさ。料理のレパートリーを増やしていく感じかな」

「でも、盗作はまた別だと思うんですけど。盗作は、他人の筆様ですよ、と明言せずに、自分のものだと偽る行為です」

味噌《みそ》を塗ったよもぎの生麩を口に放《ほう》り込んだ土師が、真の肩を叩く。

「まだ続きがある。鶉図《うずら》を検索して」

鞄《かばん》からスマホを取り出して、言われた通りに検索を掛ける。

「たくさん出てきました。李安忠《りあんちゅう》の鶉図ですか？」

「そこに出てきてる鶉図の大半は、李安忠の作だと思うよ。鶉ばっかり描きすぎだよね」

アハハ、と土師が楽しそうに笑う。

「李安忠は徽宗《きそう》の宣和画院《せんながいん》、高宗《こうそう》の紹興《しょうこう》画院に所属していた鶉図の名手だ。ほとんどの名作が李安忠の作だけど、中に徽宗の『水仙に鶉図』もある。——これ」

土師が真の手の中を覗き込んで、画面の右下を指す。見切れた水仙の葉と鶉の一幅が見えた。鶉の丸々としたフォルムが可愛らしい。

「日本人の鶉図もありますよ。この酒井抱一の鶉図は、ユニークです」

三羽の鶉が重なり合っている絵を見せる。

「僕が見せたかった鶉図は、まさにそれだよ。それね、李安忠の鶉図を酒井抱一が模写して、自分の作品にしているんだ」

「えっ⁉」と大声が出た。店員と客に鋭い視線を向けられ、慌てて声のトーンを落とす。

「それ、どう考えても、盗作ですよね⁉」

「抱一の署名があるから騙《だま》されたでしょ。ちなみに、狩野山雪《さんせつ》の鶉図も探してみて。面白いものが見られるよ」

急いで検索する。目に留まった鶉三羽に天を仰いだ。これもまた狩野山雪が署名して自分の作品にしている。だが、酒井抱一の模写と違うのは、重なり合った三羽の内、最奥の鶉の胴体の向きが左向きに変わっている点だ。左、右、正面とそれぞれ体の向きが違うからこそ生み出される視覚的効果が、狩野山雪の模写では損なわれている。

「それは抱一の模写に比べると再現度が低い。実は探幽も模写していて、臨画帖《りんがじょう》に収めている」

『臨画帖』とは、狩野探幽の模写を集めた重要文化財である。上下二冊にそれぞれ五十図の宋元画や雪舟《せっしゅう》の模写を縮図で残している。

「でも、探幽は臨画帖に模写しているので、盗作ではありません。問題児は抱一と山雪です。これが、本当に許されていたんですか？」

土師が深く頷く。

「それこそインプットとアウトプットの違いだよ。真君は子供の頃、虎《とら》の姿をどうやって知った？　写真？　テレビ？　動物園？」

なぜ、そんなことを訊くのだろう。

「はっきりとは覚えてませんが、図鑑かテレビだったと思います」

「昔は図鑑もテレビもない。虎は日本に生息していないし、鶉が日本で観察できるのは冬だけだ。犬猫のようにいつでも簡単に目にできるわけじゃない。そんな鳥獣を、昔の画家はどうやって知って、描けるようになったんだろうね」

「それは、当時の記録媒体だった絵しか……あ、模写？」

間の抜けたような声が、少し掠《かす》れた。

「昔は形を覚えるためにも模写をしていたんだ。しかも、李安忠の原本を生で拝める機会は、そうない。この鶉図の原本だって、現在どこにあるのかを、僕は知らない。三人が目にしたのも、

「一生に一度だけだったかも」

土師が寡聞を恥じるように肩を竦めて見せる。

「たとえ三人が鶚の姿を知っていても、李安忠の原本を前にしたら、嬉々《きき》として模写するさ。なんたって筆様を知る千載一遇のチャンスだ。署名は学んだサインとも言える」

とうてい現代の価値観や常識では測れない。危うく時代錯誤の非難を浴びせるところだった。

再度、二枚の鶚図と向き合う。

「盗作の罪に当て嵌めること自体が、ナンセンスでした。だって、やっていることは、先生が書いた漢字を漢字練習帳に写して覚えている小学生と、大差ない」

「だから当時の人たちは、これを見て盗作だ、なんて騒がないわけ」

「納得しました」

全身の逆立っていた毛が、撫でつけられたようだった。同時に、土師の態度に得心した。

土師の教養が、盗作した男を一方的に断罪せず、妙に落ち着いた態度を取らせていたのだろう。

「夏休み前にこの話をして、もう一度、夏の鳥について再考すべきだと思ってた。もし本当に鷹なら、雪香も模写して鷹の姿を知ったはずだ」

土師の手の中で、ハイボールの氷が溶けて崩れる音を立てる。真は目をぱっと開いて、土師の喉仏が上下に動く様を見た。

「僕たち、風に乗って飛び立つ鷹の案を出したけど、鷹の古画ってさ、結構、枝に止まってる構図が多いんだよね」

脈が速くなる。下図を発表したとき、土師は飄々としていた。あの時すでに昨日までの自分を疑っていたのか。

「時間も限られているから、とりあえず、今のまま試作を進めて、終わるまでに、きちんと答えを出さなきゃいけないと思ってる。真君はどう思う？」

「目から鱗の状態で、言葉が出ません……」

襖絵の鳥は、いずれも何らかの動きが見られる。

雉子《きじ》は花弁を啄《ついば》むように身を屈《かが》め、尾を天に向けている。孔雀は首を擡げつつ、片足を上げている。鶴は翼を閉じて、歩きながら、雪を散らす天を仰いでいる。ゆえに夏の鳥にも、何らかの動作が考えられた。鷹が枝に止まっているだけでは、矛盾する。

「みんなとアイディアを出し合ったときは、かなり好《い》い線を行っていると思った。雪香なら、大胆な構図を考案しそうだしね。でも、何か、引っ掛かっていて……考えすぎかもしれないけど……」

土師の自信が鳴りを潜めている。漠然とした気付きゆえに、すぐに言い出せなかったのだろう。

「どんなに小さくても、気になることがあるなら、突き詰めましょう。復元の心構えを聞いて、俺もこれでいいのかな、と思っていました」

まだ十分に時間はある。焦る必要はない。三人で知恵を出し合えば、きっと秋までに間に合うだろう。考えた末に案を変えるか、変えないかは、その時に決めれば良い。
だが、夏休みの終盤に差し掛かっても、その違和感は一向に消えなかった。

第四章　修復と模写

一

八月も残り一週間を切った日の午前九時過ぎだった。真は帰宅するや否や、二階のアトリエに直行した。アトリエの中央には、担当分の松の襖《ふすま》二面分が並んでいる。隅には、課題を入れるための段ボールが、こなした二ヶ月分を抱えて鎮座している。

夏も盛りである現在、真は受験前に匹敵する量の絵を描《か》いていた。生活スタイルは一変し、起きたら、まず早朝のうちに写生に出掛ける。今朝は下鴨《しもがも》神社付近に足を延ばし、目に留まった道端の露草を写生した。毎日行き先は気分で決めるので、写生する場所は駐車場や草地、寺社の境内など様々だ。写生する対象も、一期一会。夏だと女郎花《おみなえし》や姫女苑《ひめじょおん》、百合《ゆり》やドクダミなどが花を咲かせている。

日本画の写生は木炭デッサンと描き方が違うので、慣れるまでに時間を要した。写生では後で思い返せるように、余白に花や葉の質感や触感、印象を言葉でメモ書きする。

色鉛筆での色付けまでを太陽の下で行い、構図を決める作業以降は、冷房が利いた涼しい自宅で行う。猛暑日が全国最多の京都では、いくら朝といっても外での長時間の作業は難しい。正午を過ぎれば、天地両方から灼熱《しゃくねつ》の熱気に挟まれ、全身の水分が蒸発するような目に遭《あ》う。

帰宅時点で汗だくだった真は、作業に取り掛かる前に軽くシャワーを浴びた。浴びている間に構図を考え、服を着たらすぐに構図を決定する。

和紙に下図を写した後は、墨で輪郭線を描き起こす骨描《こつが》きを行う。骨描きが終わったら、岩絵具を使って色を塗る。

現代の日本画は、骨描きが絵具に埋もれる塗りが主流だ。だが、襖絵は線がはっきり見える彫《ほり》塗《ぬり》なので、人見の課題も同じ彫塗で塗る。

これを、午前の内に終わらせる。一日一枚、人見の課題をこなした後に、襖絵の練習に入る。

ここで念入りに行う練習が、線を引く技法だ。絵具は拭《ふ》き取ればやり直しが利くが、粒子が細かい墨は、和紙の繊維に瞬時に染み込むので、毎回が一発勝負になる。クリック一つで消去できるデジタルの気楽さが恋しい。だが、真面目《まじめ》に挑んで積み重ねれば、その分だけ腕も道具も応《こた》えてくれた。

平野雪香の筆遣《ふでづか》いを意識した線は、回数を重ねるたびに本物に近づいていった。人見や凜太郎にも褒められるようになり、少しずつだが自信がついてきている。自信は更なる活力を呼び、過去の活力の記憶をも呼んだ。颯太の賞賛が嬉《うれ》しくて、バンド・メンバーの誘いに簡単に折れた自分の単純さを思い出した。

描いた絵の行き先をゴミ箱から段ボールに変えた日を境に、自尊心が和紙の厚さの分だけ、日に日に存在感を増す。

八月も下旬に差し掛かり、膠液《にかわ》が何度目かの底を突いたとき。新しく作るか、と思い立って、ふと、気付いた。

削れて小さくなっていた己の心の領域が、随分と増えている。

毎日、恋焦がれるように江戸時代の女流絵師に思いを馳《は》せて、線を真似《まね》している。自分を失うように思えて、その実、自分の中にたくさんの色が流れ込んでくる。元から自分の中にあった色も、なかった色も、混ざって溶ける。トロトロと膠が煮溶けるみたいに。

もう少しゆっくり時間が過ぎれば良いのに、と思った。

「――何見てんの？　もう十二時半だけど、昼飯、どうする？」

真が一階のリビングに下りて母に声を掛けると、母がはっと顔を上げた。土曜日である今日、母は仕事が休みだった。

母は慌ててテーブル上のデジタル時計を見た。

「もうこんな時間！　まだ何も用意してない！　写真の整理をしてたら、懐かしくてついつい見入っちゃった！」

長方形のテーブルの上には、十数枚の写真が散らばっている。真は吸い寄せられるように端にあった写真を拾い上げた。この一枚だけが、木製フレームの写真立てに入っていた。

「覚えてないでしょ。それ、真が三歳のときのよ。お父さんがアトリエに飾ってたの。と言っても、絵具棚の抽斗《ひきだし》の中に隠してあったんだけどね」

「どうりで臭《にお》うわけだ……」

アトリエに染み付いた膠の臭いが、写真立てからうっすら立ち上る。父は絵画制作をしていなかったが、絵具の実験や試し塗りをしていたので、頻繁に抽斗を開けて見ていたはずだった。

（上じゃなくて中に置くところがむっつりなんだよなあ。きっと高校生の頃《ころ》も、母さんの写真をこっそり抽斗に入れたりしてたんやろうな）

写真に写る自分の顔が、ろくに見えない。これが本当に自分なのかと疑ったが、座っている場所が場所なだけに、間違いないのだろう。

写真の中の三歳の真は、自宅のアトリエで、父の胡座《あぐら》の中にいた。

身を屈《かが》めて和紙に色を塗る父は、記憶にあるより髪は多く、黒々として、肌にハリがある。母が上から撮ったせいで父の顔も見えない。だが、手元は、はっきり写っていた。いかにも保存修復の人間らしく、利き手に筆を二本持ちながら、柿《かき》の葉を塗っている。

父の胸板に押し潰《つぶ》されそうになっている三歳の真は、父の描く絵を、父より間近に見ていた。

（生きていたら、相談したのにな）

同時に、父が生きていたら、意地でも保存修復日本画研究室に関《かか》わらなかったとも思う。

外側から見る保存修復業界の地味さは、筆舌に尽くし難い。子供の頃、お父さんは何のお仕事をしているの？　と訊《き》かれて、答えても分かってもらえなかった辛《つら》い思い出がある。偽物を作っている人なのね、と残念そうに言われて、いつしか父も、父の仕事も、厭《いと》わしくなった。

自信を持って画家と言えば良かったのだろう。だが、自分の作品作りをやめた父を、画家と呼ぶには抵抗があった。現在でも、人口の何割が古典模写制作の仕事を知っているのかと疑問に思う。

真が物心つく頃には、すでに凜太郎が頻繁に父のアトリエを訪れていた。父は真がまだ理解できないような専門的な指導を、凜太郎にしていた。凜太郎は真より九歳上なので、父の指導内容は相応だったのだが、子供だった真にはそれが面白くなかった。

面白くないから、父とはあえて日本画の話題を避けた。拗《す》ねて、関心がないように振る舞って、そのまま遠ざかった。

寡黙だった父との会話は——真が母と喧嘩《けんか》した時、美高と普通校のどちらに進学するかを悩んだ時、あとは……父が中国に発《た》つ朝に、眠たい目を擦《こす》りながら、行ってらっしゃい、と見送った五年前が、最後。買ったばかりの水色のポロシャツを着て、小さく口角を上げていた。大きなキャリーケースを引いて旅立った父の後ろ姿が、朧《おぼろ》に眼裏《まなうら》に蘇《よみがえ》る。

もっと早く勇気を出して歩み寄り、理解を深めていれば、こうはなりたくない——と心の中で父に向ける蔑《さげす》みも、なかったかもしれない。だが、今更悔やんでも、後の祭りだ。父は、もうこの世にいない。

母が写真を片付け始める。集めた写真を垂直に立て、トントンとテーブルに当てながら端を揃《そろ》えている。

その時、一番下の写真の裏面が、目に入った。

「それ、何が書いてあんの？」

「どれ？」母がひっくり返す。すぐに合点がいった声を洩《も》らした。

差し出された写真の表には、万歳して寝ている無垢《むく》な赤ん坊が写っていた。

「そこに書いてあるのは、あんたの名前の由来。お父さんが名付けたのよ。確か中国の古い書物に載ってる意味らしいわ。私には難しくて覚えられなかったから、そこに書いてもらったの」

真は写真の裏面に目を落とした。瞬く間に父の筆跡を思い出す。ブルー・ブラックのペンで書かれた細字は、間違いなく父の筆跡だ。漢字のトメやハネがきちんと守られていて、堅実な印象を与える。

「この単純な名前に由来があったなんて、初耳」

「何言うてるの。昔、教えたよ。自分の名前の意味を調べてきましょう、いう小学校の宿題があったでしょう？」

「そうだったっけ。覚えてないや」

きっと記憶に残るような印象的な由来ではなかったのだろう。真は軽い気持ちで読み始めた。

――『真《しん》』とは、中国五代後梁《こうりょう》の山水画家・荊浩《けいこう》が記した『筆法記《ひっぽうき》』にて論じられた言葉だ。対象の実質的内容を意味する。

真は無言で母と顔を見合わせた。なんてこった。あまりに想定外の書き出しだ。一文目からすでに眠い。

「ほらね、だから言ったでしょ。難しいって」

なぜか母が得意気に言うが、真はめげずに続きを読んだ。

――画家は物の形を観察してその真を取るべきだ、と荊浩は記している。華やかな物はその華やかさを、質素な物はその質素さを描く。華やかな物を質素に描いては、その真を取れているとは言えない。すなわち、物の正確な形を通して、その精神性までも表現すべきなのである。

どうやら『筆法記』は、絵画の専門的理論書のようだ。画家が写実の精度のみならず、『真』を求めて制作する重要性を説いている。

だが『筆法記』についての記述は、そこで終わっていた。

――将来、息子は芸術と無縁の人生を歩むかもしれない。それでも良い。どんな人生であれ、物事の表面だけを見て判断せず、その本質を見抜いて判断できる人間になってほしい。この字を借りて『真《まこと》』と命名する。

この時、初めて真の心身に深く名前が刻まれた感覚がした。身体《からだ》の奥深くが熱を帯び、魂が父の想いに呼応する。

「こんなん、言ってくれな、わかるわけないやん……」

意図せず、声が細く落ちた。周りの物事どころか、真は自身の本質すら見抜けていなかった。

母が慈愛の籠《こ》もった声で言う。

「欲しかったら、その写真、二枚とも持ってってええよ」

「ええの？」

「真がちゃんと覚えてくれていたら、十分やもん。――さて、遅くなっちゃったけど、お昼ご飯を作ろうね」

母がいそいそと台所に移動して、エプロンを付ける。すぐに鍋《なべ》で湯を沸かす音が聞こえ始めた。

真は椅子《いす》に座って、写真の中の父を見つめ続けた。そこに確かにある父の心に、岩絵具が付着した指先で触れながら。

二

〈――今、何してんの？　アイス食いながらゴロゴロしてる？　襖の修復が終わったから、見に来ん？〉
二日後の午後三時。凛太郎から電話を受けて、真は自転車を飛ばして大学に向かった。構内では、九月中旬に行われる学園祭の準備が始まっている。休学中の真はそれらを無視して、一目散に研究室に駆け込んだ。

修復用の室《へや》は模写用の実習室とは別に、研究室の最上階に用意されている。

扉を開けた瞬間、見違えるほど美しくなった襖九面が、真の目に飛び込んだ。

「嘘《うそ》でしょ……これが、凜太郎君の力なの……!?」

「見直したやろ。僕の手に掛かれば、こんなもんや。見るも悲惨やった襖が、大分マシになったで」

得意気に鼻の下を擦る凜太郎を、傍《そば》で人見が微笑《ほほえ》ましく眺めている。

真は感に堪《た》えず、感嘆の声を洩らした。

「初めて見たときは、感動どころか、ゾッとするぐらい酷《ひど》い有様だったのに、劇的に見栄えがするようになってる。破れてたところが分からないや。目立ってた縁《ふち》の白蟻《しろあり》被害が、どこにもない」

「傷みが激しくて、外も中も、まるっと修復したんよ。数が多かったから、保存修復科の授業であらかたやって、残った襖と仕上げ作業を、僕と先生たちで一気に終わらせたんや。保存修復科の院生も手伝ってくれて、ほんまに助かった。普通、こんなハイスピードでやらんで」

うんざりしたように言う凜太郎の顔は、口調に反して誇らし気にも見えるが、やや青褪《あおざ》めて疲労の色が濃い。通常の仕事もあり、夏は職場主催の体験イベント等も実施される中、時間を見つけてボランティア同然の受託研究に携わっている。さらに、週に一回、真の日本画の指導も続けている。

だが、どれも嫌々している素振りはない。作品を価値で判断せず、真剣に取り組む姿勢は、見習うべきものだ。

真は「お疲れ様」と、心から労《ねぎら》いの言葉を掛けた。

「前期の教材にしたんやね。僕も潜り込んで、こっそり授業を受ければ良かった。くすんでた紙も明るくなってるし。ビフォー、アフターの写真を並べて、見比べたい」

胸が高鳴っている。思わず触れそうになった指を、既《すん》での所で引っ込めた。美しく蘇った日下部家の家宝に、日下部より先に触れるなんて、やってはいけない振る舞いだ。

「襖のクリーニングって、どうやんの？　やり方が想像つかない」

引戸は清掃され、縁は補修されて、カシュー塗料で塗り直されている。破れていた箇所も、遠目には見抜けない。全体的に古い印象を与えていた経年の汚れは抜き取られて、黄ばみが薄くなっている。和室で再利用すれば、さぞ古色の調和が美しく、雅致《がち》ある風情《ふぜい》が見る者の心を魅了するだろう。

「修復は、表具の形態に合わせた方法がそれぞれあんねん。襖の修復は、そう多くないで。教科書にも載ってへんし。やっぱ、日本中の床間を飾っとった掛軸が圧倒的に多い。でも、まず調査して解体するんは、どれも同じや」

凜太郎が室内の机に真を手招く。机上には、昔の崩し字が書かれた古い和紙が数枚、広げられていた。何が書かれてあるのか、現代人の真には、さっぱり解読できない。

「せっかくやから見せようと思うて。これ、江戸時代の反故紙《ほごがみ》や。襖の裏紙に使われとったんよ。当時は不要になった紙を無駄にせず、屏風《びょうぶ》や額《がく》の下張りなんかに使うてたんや。現代じゃ立派な史料やから、襖と一緒に保管する。なかなか状態もええやろ」

「これ、襖絵に関係する事柄が書いてあるんじゃ……」

ゴクリと喉《のど》を鳴らして真剣に問うと、

「京都の美味《おい》しいお惣菜屋《そうざいや》さんの情報が書いてあるらしいで」

明るい調子で一蹴《いっしゅう》された。

「襖絵に関する文字は、ないなあ。縁を外したところに、表具師の名前と制作した月が記録してあったぐらいや。確か、最後の雪松の襖に……いつでしたっけ?」

凜太郎が、南天《なんてん》の襖の前に佇立《ちょりつ》する人見に尋ねる。

「元禄六年の二月です。満足稲荷神社の遷祀《せんし》直前に完成させた、といったところでしょうか。遷祀の噂《うわさ》を聞いた雪香は、この構図を思い立ち、神社の建立に合わせて描き進めたのでしょうね」

模写では至らない発見が修復にはある。逆も然《しか》りだろう。

「襖を解体した後は、ドライ・クリーニングをします。表面に付着している長年の埃《ほこり》や汚れを、刷毛《はけ》やケミカル・スポンジ、食パンなどで取り除きます」

「修復でも食パンを使うんですか？　無添加なら、俺《おれ》も画材にした経験があるけど。コーヒーとセットで」

「朝飯で朝飯でも描きよったんか？」凜太郎が説明を引き継ぐ。「バターが入ってない、油分なしの食パンは、結構、使い勝手がええねん。適度に湿って、汚れを取りやすい。ざっと表面の汚れを取ったら、極薄の膠水《にかわすい》で滲《にじ》み止めして、本紙洗いや。浄水で長年の汚れを取る」

三百年分の汚れは、さぞ、しつこかっただろう。何度か繰り返して抜き取ったに違いない。

真は再び間違い探しをする真剣さで、襖に顔を近づけた。

「一旦《いったん》、濡《ぬ》らすなら、裏打ちの修復は、乾いた後じゃないとできないね。破れを埋めた箇所が汚れを抜いた後の紙色と変わらないけど、これは、わざと染めてるの？」

「地色に合わせな、いかにも修理しました感が出て、目立つからな。手間が掛かっとるやろ」

「とても。差し入れのアイスを買ってくるべきだった」

感心の連続である。新たな知識が、朝露の清冽《せいれつ》な冷たさのように、脳に染み込んで刺激する。

「絵の色は、そのままなんやね。もっと鮮やかになってるかと思ってた」

人見が真の気付きに対し、嬉《うれ》しそうに目尻《めじり》を緩める。

「修復では、作品に影響を及ぼすような描き起こしや塗りは、しないことが原則です。穴や破れを埋めた箇所に絵を足すことを補彩《ほさい》と言いますが、周囲の色調とバランスを取るために、作品本来の地色と合わせる程度に留めます」

「自然過ぎて、どこが足した箇所なのか、分からないです」

「稲葉君の腕が良いからね。もっと注意して見たら分かりますよ。――ほら、ここなんか、ちょっと雑ですよね」

「ちょっ、先生、変な言い掛かりやめてや！　そこは元の雪香の筆が雑でしょ！」

「どういうこと？」真は凜太郎と襖を交互に見遣《みや》った。

「多分、疲れとるんよ。雪香は春夏秋冬の順で描いとる。全部を一人で仕上げとるから、終盤のほうは集中が切れたんやろうなあ。熟覧してるときに気付かんかったか？　こういうのを読み取るんも、模写の楽しみ方やで」

改めて、生身の人間が描いた代物だという実感が、生々しく胸に迫った。

真と当時の平野雪香では、歳《とし》が十も離れていない。互いに際立った才能がなく、ほぼ等身大の相手と言える。

（そりゃあ、疲れるよね。女の人がこれだけ描いたら。俺だって、ぶっ続けで描いたときは体重が減る）

でも、楽しくて、筆を止められない。食事すら億劫《おっくう》になって、目が冴《さ》えている限り、描き続ける。共感できるが、この半年間、疎遠《そえん》になっていた感情だった。

「先生たちが、このスピードで修復を終わらせた理由は、まだ俺たちが原本から見抜けていないことがあるから、ですよね？」

人見が眉《まゆ》を上げて、次いで、意味深な笑みを浮かべた。

「どうして、そう思うんですか?」

「だって、まだ夏の鳥が、はっきり決まっていません」

再考した結果、襖の鳥が風とは逆方向に体を向けている事実を、発見した。雉子《きじ》は左を、孔雀《くじゃく》と鶴《つる》は右を、いずれも風が吹き込む襖の中央を向いている。なので、鷹《たか》も雉子と同じ左に向けよう、となった。

体の向きを反転させた結果、飛び立つ動作が不可能となった。左側には蒼松《そうしょう》の巨木があるせいで、動きが制限される。

他の鷹の古画に倣《なら》い、枝に止まる構図で下図を描いた。ところが、予想通り、動きがなくなる矛盾が生じた。無理矢理どうにか捩《ね》じ込むと、雉子と似たポーズになって構成美が崩れた。したがって、現在、二の足を踏んでいる。

「君たちは、鷹が飛び立つ構図が当時の粉本《ふんぽん》主義に反する、と考えて、練り直しを行っていますよね。良い着眼点だと思います。実際、雉子は狩野派で見る図様です。雪香も、粉本で育った両親の絵画教育を受けているので、手本を取り入れて作品の質を上げることに躊躇《ためら》いがない」

人見が孔雀の前に歩を進める。真も続いて、孔雀の正面に立った。

「真君は、この孔雀を、どう分析しましたか?」

「首や足にアレンジが加わっていると考えました。日本絵画を勉強する前の俺だったら、現代のオリジナリティ重視の価値観で、鳥のポーズにも何らかの意味がある、と勘ぐったと思います。でも、粉本で形を学んだ画家が描く姿に、意味はない。描ける鳥を選んで、ちょっとの工夫を加えているだけです」

「そう思うのなら、これ以上、原本から何を読み取れると思うのかな？　枝に止まった鷹で決定してしまえば良い。意味もない、手本を少し弄《いじ》った程度の絵でも、江戸時代では十分に通用します」

「それは……」

真は返事に窮した。凜太郎は口を挟まず、諸手《もろて》を組んで静観している。

「私は先ほど、粉本主義に反すると言いましたが、言い換えれば、それは創意です。粉本というものは、画家の創意と工夫によって、いかようにも活《い》かされる」

「創意……？　って、何ですか？」

「画家本人による、新しいアイディアです。江戸中期以降の狩野派や住吉《すみよし》派の画家は、粉本をそのままなぞった作品ばかりを作っていました。そのせいで陳腐な出来の作品が多く、長らく粉本主義の弊害と非難されていました。君たちが違和感を覚える理由は、雪香がその類《たぐい》の画家ではないと見抜いているからです」

人見の清《さや》かな声が、ゆっくりと真の疑問を紐解《ひもと》く。土地と連動した風の表現。それが、真らに二の足を踏ませる根拠となった、平野雪香の独創性であった。

「真君だったら、鳥に意味を持たせるんですよね？　真君の中で、平野雪香という人間は、描ける鳥を選んで、ちょっとの工夫を加えて満足する画家かな？　真君でも考えつくことを、実行しない人かな？」

真の顎先からじわりと冷たい強張《こわば》りが広がった。——違う。その程度では、母親を追い越せないと考える。

「最低でも、一羽は大きな意味を持たせて描くと思います」

「なら、それをベースに考え直してはどうかな。大丈夫、君たちは、とっくに読み取れる分を読み取っていますよ」

人見の笑窪《えくぼ》が、満足そうな深さで刻まれる。実直で、揺るぎない微笑だ。瞳《ひとみ》は鋭さを増し、成功を確信する強い光を宿している。

卒然として立ちはだかった平野雪香の剝《む》き出しの野心に、真の胸の底から武者震いが湧《わ》き上がった。

三

ピッ、と電子音が鳴り、パソコンの画面上にグラフが表示される。それを見た土師が、身を仰《の》け反《ぞ》らせた。一言も発していないが、細い目はこれでもかと開き、顔一杯に驚愕《きょうがく》の色を浮かべている。

学園祭が終わり、夏休みが明けると、真らは切り貼《ば》りされた松の壁の修復を、凜太郎の指導の下《もと》に行った。当初、襖の形に戻すには描き足す部分が多すぎるため、壁と天袋《てんぶくろ》の修復は行わない方針だった。

だが、襖の形に戻さずとも、汚れを抜き取る等の処置はできる。目的は、蛍光X線分析法を行うことだ。

蛍光X線分析法とは、X線を利用した非破壊的文化財調査法である。物質に含まれる元素の種類と量を測定して、何の顔料が使われているかを推定する。だが、汚れや裏打ち材料等に検出可能元素がある場合、これらを検出する可能性がある。

ほとんどが削れているが、壁の角に僅《わず》かに墨と顔料が残っているのではないか、と人見から指摘があった。違い棚の貼り付け跡が白く残り、周りの黒ずみが激しく、右上の角も同様に黒く染まっていた。

今回は、表面に塗られた顔料の元素が測定されるか否かが分かれば、判断ができる。もし指摘通り、顔料の元素が発見されれば、想定して描き足した松の絵を修正する必要がある。

結果、岱赭《たいしゃ》の顔料に含まれる鉄の元素が確認された。

蛍光X線分析法では、異なる顔料であっても、検出される元素が同じであれば顔料の区別ができない。あとは、肉眼での判断となる。

松の幹と枝は、すでに岱赭と特定していた。したがって、絵具が塗られていた証拠が出たために、そこにはないと判断していた松の枝が描かれていた新事実が判明した。

「参ったな、汚れにしか見えてなかったよ。僕たちは、松から描き直さなくちゃいけないのか」

土師が驚嘆する傍ら、蔡が渋い表情で白紙と鉛筆を取り出す。

切り貼りされた壁には木の股《また》が描かれており、左側の幹が大きく、右側が小さくなっている。元々の下図では、鳥のスペースを確保するために、右側の幹の背を低くして、枝を控えめに伸ばしていた。

蔡が鉛筆を走らせながら、

「こんな感じに変えれば良いかな。右側の幹から枝を雉子の方向にだけ伸ばしていたけど、もう一つ、枝分かれさせて、左側にうねらせる。絵具が残っていたところは、多分、湾曲部の一部だよね」

絵が増えていく図面を見ながら、真は思わず零《こぼ》した。

「余白の面積が大きいと思ってたけど、やっぱり葉の塊があったんですね」

蔡が振り返り、真に呆《あき》れた目を向ける。険を帯びた声で、

「そう思ってたのなら、言ってよ」

「だって、探幽様式ならこの余白が妥当なのかな、と迷って……」

「余白の多さなら孔雀の隣だよね。夏の終わりの襖は、上に松の葉があるだけで半分以上が余白

だ。そこに十分に余白があるから、こっちに葉の塊があっても、変にはならない。真君の直感は侮れないなぁ」

土師が笑顔で場違いな褒め方をする。それを聞いた蔡の顔が、さらに険しくなった。

壁は、切り貼りされた二面分の内の、約四分の一程度だ。欠失した一面半分の松を考えたのは蔡だが、間違えていたからといって、誰《だれ》が責めるだろう。

昨日までの結果が今日で覆る――ここの常識だ。

「松は、これで完成にしよう。ここからまた大きく変わることはないと思う。あとの問題は、鷹をどうするか、だ」

検査室から実習室に戻って、三人は隅に寄せられた装潢台《そうこうだい》の周りに座った。

蔡の仏頂面が恐ろしくて、気が散る。蔡と真の間に座る土師は、蔡と目が合っているはずなのに、ちっとも気にしていない。いまだかつて、土師が他人の顔色を窺《うかが》っているところを見た覚えがなかった。

「僕が引っ掛かっていた小さな違和感は、風と鳥だった」

土師が台上に片肘《かたひじ》を突いて、道筋を整え始める。

「花木は風に吹かれて花弁《はなびら》を散らしたり、なびいたりしているけど、鳥にはパッと見て強風を感じられる描写がない。そのせいで、僕の目には鳥だけが浮いて見えた」

「馴染《なじ》み切れてなかったですもんね。俺たちは風に気を取られすぎて、鷹が風を受けて飛び立つ構図を考えました。無意識に、風と鳥を結びつけようとした」

「でも、結びつけ方を間違えてた。鳥は、すべて神社がある北を向いている」

　蔡が両断するように言う。

「そこなんだよ。構成美や興趣を考えたら、絶対、バラけさせたほうが良い。でも、そうしていない。四羽の鳥は、風を正面から受け止めている。『年中』の花木と『金運』の風だけじゃなくて、風と『吉祥』の鳥もちゃんと繋《つな》がっているんだ」

　花木と風に込められた願いは、一年中、商売が繁盛しますように。

　花木と鳥に込められた願いは、一年中、幸福が訪れますように。

　では、風と鳥の役割とは――？

　真は描き直されたばかりの下図を注視する。

「この松、枝分かれさせたことで、鷹が止まれる部分が狭くなりましたよね。松は枝先に葉が密集していますから、止まるとすれば、湾曲する前の、このなだらかにうねっているところになります」

「窮屈そうだね」と、土師が口端を歪《ゆが》めて、自身も狭苦しそうに言う。

「鷹を他の鳥に負けない大きさで描くには、やはり、このスペースをふんだんに使うしか、ありません。でも、枝に止まる構図にしたら、小さくなります。鷹のサイズじゃなくなる」

「やっぱり変えるべきかぁ」

土師が手を頭の後ろで組む。ややあって、蔡に振った。

「麗華ちゃんは、どう思う？」

「真がそう言うんなら、そうなんでしょ。真の言う通りにしたら良いじゃん」

ぶっきらぼうな口吻《こうふん》だ。真は突然、平手打ちされたような気分で憮然《ぶぜん》となった。

ようやく土師は、いつもの蔡らしくないことに気付いたようで、組んでいた手を解《ほど》いた。真に身を寄せて耳打ちする。

「麗華ちゃんの弱みでも、握った？」

「なんで、そんな思考になるんですか。俺は何もしてませんよ。多分」

「真君がそう言うんなら、そうなんだろうね」

土師は蔡と同じ文言で、鷹揚《おうよう》に頷いた。それから、蔡の反応を確かめるように回首した。

「あれ？　本当に、真君は何もしていないのかい？　てっきり反論してくるかと思ったのに」

蔡は唇を真一文字に引き結び、崩した細い足首を摑《つか》んでいる。どこか屈折したような顔つきだ。例えば、課題の講評で厳しいだけの意見を受けた後のような。

「もしかして、自分の作品作りで、何か悩んでますか？　俺、蔡さんの作品を見たことがないんで、当てずっぽうに言ってますけど、今の蔡さん、真面目な美大生の顔をしてます」

だが、蔡は首を緩く振った。――……違うのか。

「ごめん、態度が悪くて……ちょっと、模写に自信を失《な》くしてて……」

「そっち⁉」土師が意外そうに声を高くする。「松を間違えたぐらいで落ち込まなくて良いよ。僕が描いても間違えていたんだから。てか、そのくらいで気にする性格じゃないでしょ」

「そうだよ。気にしてるの、そこじゃないもん」

蔡は扉を振り返り、外を気にする素振りを見せた。声を潜める。

「修復された襖を見に行った日に、人見先生と稲葉さんが話してるの、盗み聞きしちゃったの……人見先生が、真に全面、任せたら上手《うま》くいく、って言ってた……」

真は耳を疑った。

「何か勘違いがありそうですね。俺が一番下手なのは、火を見るより明らかでしょ」

「真ならそう言うと思った。線や色塗りのレベルじゃなくて、作品の空気感だよ。真が一番、上手く写せてるらしい。だから、真が全面、描いたら、作品の味を抜群に写した模写が出来上がるんだって」

真は困惑の表情で、口を開けたり、閉じたりした。咄嗟《とっさ》に言葉が出て来ない。

隣で土師の緊張が解ける気配を感じ取った。

「なんだ、そういう理屈か。それなら、分かるかも。雪香本人が描いたのかな、と思うくらい、似ているよね。最初は筆先だけ真似していたから硬かったけど、今は自然と雪香の手癖が滲み出ている感じがある。まるで雪香のクローンが描いたみたいに、嘘《うそ》がない」

これは、真面目に褒められているのだろう。土師に褒められると段違いに嬉しい。だが、真は素直に受け止められなかった。そこまで意識して真似している自覚が、ない。

「画力がある人の模写でも、原本と比べたら、やっぱり違うな、と思うことが多いんだよ。それってさ、どうしたって模写制作者本人の癖が出てるせいだと思うんだよね。せっかく作者の精神性を読み取っても、自分が滲み出たら濁ってしまう。でも、真君の模写には、それがない」

芸術の中で唯一、個人の才能を必要としない分野が模写だ。強いて求められる才能と言えば、自己を殺す才能だろうか。作家の代役となるために、模写制作者は、自己を特徴づけるあらゆる要素を隠さなくてはならない。

年間、百万人以上が訪れる二条城でも、客の大半が二の丸御殿内の復元模写に満足して帰る。百円で原本を見られる展示収蔵館まで、わざわざ足を運ぶ客は多くない。模写の裏側にいる模写制作者に気付かないおかげで、さも本物を鑑賞したような錯覚を味わえる。

だが、頭では理解しても、実践は難しい。できているのか、自分の目では分かりづらい。

「模写の経験がないなんて嘘みたいだよね。稲葉家直伝のトレース法でもあるの？」

「ありませんよ。感覚でやっているので、自分でも分かっていません。ただ、なんとなくですけど、練習で模写した他の古画より、雪香の絵は写しやすい気がします。精神を摑みやすい、というか……」

「そうだと思うよ」低い声で同意したのは、蔡だった。

「いくら雪香の筆跡をベースに日本画の練習を始めたと言っても、真はそもそも絵を描けてたわけじゃん。上手く自己を殺せてるんじゃなくて、生来、持つ個性が雪香と似ているおかげで、空気感を敷き写したみたいに描けているんだって。私たちには備わっていない雪香の波長を、真は初めから持ってる」

土師が合点が行った表情で、ぽん、と掌《てのひら》に拳《こぶし》を打ちつけた。

「だから、こんなに早く出力できているわけか。個性が似てる人、たまにいるもんね。真君も江戸時代に生まれて、狩野派の教育を受けていたら、雪香みたいな絵を描いていたのかもしれないね」

そうなのだろうか。そうなのかもしれない。似ているから、一人で大規模な作品に挑んだ平野雪香の気概を、妬《ねた》んでしまう。

「運良く似ているおかげで、実力が足りない分を、埋められているわけですね。でも、それで蔡さんが自信を失くす必要は、ないと思うんですけど」

蔡がうつむいて、次第に半身を前に倒す。ごつ、と額が台にぶつかった。

「ショックだったの……人見先生、学生の前じゃ、あんな言い種《ぐさ》しないから……」

歯の隙間《すきま》から洩れた声が、土鍋の蓋《ふた》に閉じられたみたいにくぐもって聞こえる。

「全面、真に任せたら良い、なんて、思ってても言わないでしょ。ド素人の真と、これまで一緒にやってきた私と土師さんの尊厳は、どこに行ったの？　考え出したら、ムカついて、落ち込んだ」

蔡が首を回して、蟀谷《こめかみ》を台にくっ付ける。細い髪が幾筋か白い頬《ほお》に散った。

「私の模写が本物に近かったら、あんなこと、言われなかった。もっと雪香の筆遣いを追いかけて、ニュアンスを摑まないと、真に置いていかれる」

ようやく見えた表情は、切なく、悔しげに歪んでいる。

講評でも、学生を無駄に傷つける言葉を投げる教師は、多い。その言葉が気付きに繋がるなら、美大で学ぶ意義を見出《みいだ》せる。でも、そうではないとき、学生は何を道標にして、創作の芽を伸ばせば良いのだろう。

「面と向かって言われたわけじゃないじゃん。ただの指導者同士の戯言だし、それで傷付いたのなら、盗み聞きした麗華ちゃんの自業自得だよ。――ほら、起きて」

土師が蔡に容赦なくデコピンする。

半身を起こした蔡が、涙目で土師を睨んだ。

「そんな目で見ないで。分かってるよ、僕だって他人事《ひとごと》じゃない。初めて麗華ちゃんにドキッとさせられた」

土師は、なぜか真に一瞥《いちべつ》をくれると、下図を引き寄せた。

「総じて、下手でもないし、巧《うま》くもない――そう雪香を評価して、僕たちは想定復元模写に取り掛かった。なのに、プロセスを経ていく内に、自分の未熟さを思い知らされている。作者が実力を尽くした作品は、手強《てごわ》いね。負けないぐらいの熱量で挑まないと、僕たちは原本を超えられない。偽物の枠内に置き去りにされる」

今、許されない言葉を聞いた気がした。

「模写が、原本を超えて良いんですか……？」

原本が持つ感動を写し取るまでが、許される上限ではないのか。超えてしまえば、それは、もはや平野雪香の作品ではなく、真らとの合作になるのではないか——？

原本を超える出来の贋作《がんさく》に等しい罪深さに思えて、真の眉宇《びう》に力が籠《こ》もる。

「誰も正解を知らない作品だ。僕たちは模写のロジック通りに研究を続けて、限りなく正解に近い答えを目指している。完成した模写が先生たちの目を釘付《くぎづ》けにしたとき、僕たちの模写は、原本の質を底上げする」

土師の丸い指先が、見えざる鳥がいる空白を叩《たた》く。

「失われた部分を最適解で埋めて、不完全な原本に与えられた価値を覆そう。僕一人や麗華ちゃん一人じゃできないし、真君一人でもできない。三人で互いに足りない分を補って完成させるんだ。きっと先生だけじゃなくて、博士課程の先輩たちも驚くよ」

蔡の表情がじわじわ明るくなって、悪戯《いたずら》っ子みたいに「楽しそう」と頬を吊《つ》り上げる。

まだ開いていなかった襖が、開いたような気がした。

四

換気のためにアトリエの窓を開けると、描き終えたばかりの楓《かえで》が、すーっと床を滑っていった。首筋を撫《な》ぜた涼風の冷たさに、くしゃみが飛び出た。十月に入るや、手を伸ばせば触れられそうだった熱波が去り、秋が立っている。

殺人的な猛暑が長引くせいで、世界から秋は消滅したのだと思っていた。どうやら真の短慮だったらしい。

真は吹き飛ばされた楓の絵を拾って、窓を閉めた。散らかしていた筆がカラコロと枯葉みたいに転がっている。床に絵具が付着していないかを確認しながら、また一つ、くしゃみをした。

青葉の楓を段ボールの中に落として、もうじき色付くな、と胸の裡《うち》で呟《つぶや》いた。本物を写生する前と後では、襖絵の楓の出来映えが変わりそうな気がする。

襖絵の楓の葉は、蒼松側に少し緑が残り、赤く紅葉していく様が表現されている。冬に吹き飛ばされていく葉は赤系のみだ。推定した白緑《びゃくろく》と緑青《ろくしょう》、辰砂《しんしゃ》の他に、藤黄《とうおう》の顔料があった。

花木の中でも特に複雑で豊かな彩色だ。孔雀と相俟《あいま》って一際派手な襖になる。

（それでも、切り貼りされたのは夏の鳥なんだよな。不思議だ。この彩色をもってしても選ばれなかった。となると、やっぱり強くて分かりやすいメッセージがあったと考えて良い）

楓の葉も、赤一色で意味は通じるのに、わざわざ色が移り変わる様を描いている。手数を詰め込みすぎている辺りに、花木に持たせた意味が伝わるのかという平野雪香の不安が感じられる。

では、夏の襖には、何を詰め込んだのだろう。

松の修正を終え、徹底して原本を見直しても、新たな手掛かりを得られなかった。これ以上の発見はないと諦《あきら》め、部屋の隅に追い詰めるみたいに、平野雪香の真意を忖度《そんたく》した。

だが、予想以上に難航している。

真たちは鳥の構図を描き出して、そこから意味を見出す方法を採った。この方法が最短で答えに辿《たど》り着くと、三人とも納得した。だが、最初の描き出しに思いの外《ほか》、時間を費やしている。

右に隣接する雉子の襖に、羽がはみ出していない。左隣も、不可能だ。松を描き変えたことで、枝分かれした松の葉に遮られる。

——枝に止まれないのに、羽を伸ばしていないのは妙だ。どうやって一面の内に収めたんだろう。

四日前の月曜日に聞いた土師のうんざりした声が、耳の奥で蘇《よみがえ》る。

——小禽《しょうきん》はどう？　千鳥《ちどり》や三光鳥《さんこうちょう》は夏鳥だし。これだったら、二羽ぐらい好きに描けるよ。

蔡の提案は、松が巨大な分バランスが良いと思われたが、特にこれだと思う意味を見出せなかった。

それだったら孔雀の襖を転用したくなります——と、真は返した。内心、憤っていた。今更そんな案を出すな、と。だが、これと言った案を出せない己に叱責《しっせき》する資格はなかった。そんな情けない自分にも腹が立っていた。

（松に鷹……全国民が認知できる縁起の良さなんだよな。なんだったら、富士と茄子《なす》も添えたいぐらいだよ）

真は衣装ケースから引っ張り出した長袖《ながそで》に着替えた。染みついた防虫剤の匂《にお》いを感じながら、もう秋だと、背中を焼かれるような焦燥に駆られる。来月中には試作が終わって、本制作に入る予定だ。夏の襖を最後に回しても、年内に最終決定を下さねばならない。

真は腕組みして、唸《うな》り声を洩らした。

元来、花鳥画は中国で発展した吉祥の寓意《ぐうい》を持つ絵画ジャンルだ。中国で親しまれる吉祥のシンボルは、主に吉祥の意味を持つ漢字と同じ発音の漢字が結びつけられている。

例えば、北宋の徐崇嗣《じょすうし》筆『蓮池水禽図《れんちすいきんず》』の花鳥は、蓮《はす》と白鷺《しらさぎ》だ。これには「一路連科」——科挙《きょ》の試験に次々と合格する、という科挙合格への寓意が込められている。中国では白鷺などの大型の鳥は、高級官僚を象徴するシンボルだ。路と鷺、連と蓮が、それぞれ同音であるために、このような寓意が生まれた。

だが、漢字を視覚的に捉《とら》える日本人にとって、中国語の音通は分かりづらい。ゆえに、日本では中国の吉祥シンボルは広まらず、花鳥画の生命感あふれる幻想的な美しさが追求された。

おそらく平野雪香は独自の閃《ひらめ》きで、独特の吉祥を付加した花鳥画を描こうとしたのだろう。

（なんで夏の鳥だけ上部に描いてあるんやろう。他の三羽みたいに、根元や枝の下でも良かったはず。単に躑躅《つつじ》があるせいとは思えないし……上に配さなければいけない理由って、何だ？）

風は床にも天井にも触れるほど大きく吹いている。なので、風が原因ではない。

（単純に考えようとすればするほど、難しい）

あまり捻《ひね》くれた思考に及ぶと、仕上がりの印象が半端になるだろう。単純に良いものだけが詰め込まれていると考えるべきだ。

真は背を立て直して、時計を確認した。午後四時四十二分。

素早く上着を羽織って、ショルダー・バッグにスケッチブックと筆箱を突っ込んだ。自転車に跨《また が》って、満足稲荷神社に向かう。この時間であれば閉まっているかもしれないが、構わなかった。

真は岡崎《おかざき》通りを南に進む途中、何度か大きく息を吸い込んだ。平安神宮、岡崎公園、京セラ美術館。土地にこびりついた華やかで雅やかな甘い匂いに、秋の芳醇《ほうじゅん》さと、黄昏時《たそがれどき》の何とも言えぬ哀《かな》しみが滲んでいる。

一人でアトリエに籠もってばかりでも煮詰まるので、こうして外を走るだけでも気分転換になった。以前ほど周りの目も気にならなくなった真は、写生の習慣を身に付けて以降、なるだけ外に取材に出るようにしていた。

秋の日暮れは早く、到着した頃には宵闇《よいやみ》が迫っていた。

石造の二の鳥居前で自転車を止めると、閉ざされた木の門が見えた。中に入れない。どうやら参拝時間は午後五時までだったらしい。

せめて南門から舞殿《まいどの》の松だけでも見えないものかと、真は一の鳥居前に回った。

「……何してるんですか」

南門前の道路は神社の木が鬱蒼《うっそう》として、家屋の壁も高いので、大通りより一段と暗い。だが、街灯のない道端でも、アッシュ・ブロンドの髪は判然と見えた。

「やほ」鳥居前に佇《たたず》む蔡が、鉛筆を持った右手を挙げる。

真は自転車を降りて近づいた。

「写生してたら追い出されちゃってさ。ギリギリに来た私が悪いんだけど、どうしても、暗くなってから描きたくなるんだよね。早く紅葉の夜間参拝、始まらないかな」

ザッザッ、と鉛筆の先が削れる音がする。真は蔡の手元に目を落とした。A4サイズのクロッキー帳に、真の見たかった景色が描かれている。

全体的に線が細く、ディテールが細かい。隅に小さい文字で走り書きされている。『風が冷たく、夏に溶け出した色が、今ようやく流れ落ちている』……これが蔡の写生か。

日本画の写生では、本質に迫る写意を大切にする。目の前に広がる世界がどう見えるかを絵で描き、描きながらどう感じたかを言葉で記す。

「蔡さんの絵を、初めて見ました」

蔡の手が止まった。

「そうだっけ？　これを初めてに数えられるのは、ちょっと不服なんだけど」

蔡が不満気な表情でクロッキー帳を閉じる。

「それより、真は何してんの？　金運の風を感じに来た？」

「そんなとこです。普段通り家で描いてたんですけど、鷹の構図を考えてたら煮詰まっちゃって。頭の換気がてら、来ました」

「真面目だね。でも、残念。来るのが遅かったね。ここも二十四時間、開いていたら良いのに」

蔡がスマホを取り出す。眩《まぶ》しい光が灯《とも》った。

「今日は、どこに行こうかな。夜の伏見《ふしみ》稲荷は行き飽きたし」

「女性が夜に一人で写生なんて、危ないですよ。襲ってくださいと言っているようなものです」

「そのつまらない正論なら、耳に胼胝《たこ》ができるぐらい聞いた。でも、仕方ないんだよ」

蔡が星のない空を見上げる。藍色に空刷毛《からばけ》で暈《ぼか》したような淡い雲が浮かんでいる。

「私の絵を見たら、きっと真も仕方ないって言う」

その言葉は推測というより、そう賛同してほしいという願いのようだった。蔡らしい強引さが微塵《みじん》もなくて、じれったい。

狂おしいほどのもどかしさが胸からあふれそうになって、真は蔡の横顔に釣られたように宵の空を見上げた。

五

蔡に連れられて真が向かった先は、蔡が大学の友人二名と共同で借りているアパートの一室だった。友人の一人は油画科の院生で、もう一人は日本画科の後輩だそうだ。美大では制作場所や作品の保管庫を求めて、学生同士が協力して部屋や倉庫を借りるケースは多い。

二階建ての築古のアパートに、エレベーターはなかった。部屋は二階の最奥で、錆《さび》だらけの狭い階段を登っているときから、テレビンや膠の臭いが鼻を突いた。

大学に近いこともあり、昔から美大生の餌食《えじき》になっていたのだろう。学校の美術室みたいに臭いが染み付いている。

蔡は作品置き場として使っているらしく、フローリングの一室には、布を掛けられた作品が氾《はん》濫《らん》していた。

「手始めに、これは、紅葉を見てる綺麗《きれい》な女の人が、禿《は》げ上がったおっさんに絡まれて、心底うざそうにしていたときの絵」

「うわっ、見てるこっちが鳥肌立つうざさ！　おっさんは何を見に来たんや、紅葉を見ろ！」

「そんで、こっちが、電車で脚をおっぴろげて寝てるおっさんの隣で、仕事帰りのＯＬが迷惑そうにしていたときの絵」

「いるいる〜！　こういう男、まだ多いですよね！　俺も気を付けますっ！」

初手から『うざい』という本質が猛烈に伝わってくる二枚を見せられて、真は轟沈《ごうちん》した。——上手すぎる。一見、二人の女性は無表情に見えるが、男性への確かな嫌悪が読み取れる。こういった機微は、描こうと思っても簡単に描けるものではない。社会に散らばる陰鬱《いんうつ》な空気感と湿度感を、蔡は少しも漏らさずに絶妙に表現している。

「この辺りの人物画は、遊びで描いたやつ。学部の卒展で美術館に収蔵してもらった作品は、ちゃんと日本画だから、テイストが違うよ」

「ですよね……この二枚、油画だし……上手すぎですけど……」

美大生が別ジャンルの制作をすることは、珍しくない。現に真がそうだ。

だが、メインではないジャンルで、こうも腕が立つと、本来、油画科である身としては、立つ瀬がなくなる。

「アニメーター志望だったから、人物や風景は割と描いてたんだよ。日本画科に編入してからも、なんだかんだ続けてる。真のバカ上手いデッサンを見て、刺激されたからね。私は、絵でも、音楽でも、映画でも、クオリティの高い作品に鼓舞されるんだ」

ニッ、と挑発的に歯列を向けられて、初めて会った時の記憶が蘇った。なぜ意識されていたのか、腑《ふ》に落ちた。あの時は疎《うと》ましく感じたが、実際に作品を見ると、光栄に思える。真は伏目がちに小鼻の脇《わき》を掻《か》いた。

「蔡さんの腕は把握しましたが、夜歩きの何が仕方ないのか、まだ分かりません。このままだと、品のない小父《おじ》さんを観察するために歩き回っていると勘違いします」

「半分、合ってる」

蔡が肩を揺らしながら、壁際の布を剝《は》ぎ取る。

一面、夜の世界だった。

明るい月の光が降りしきる千本鳥居、楓の葉が流れる黒い池、夜雨に打たれる花菖蒲《はなしょうぶ》、暗夜に花の散る地蔵。

夜空の雫《しずく》が滴り、月の光、濃藍《のうらん》の闇が絵具となって、和紙を彩っている。一瞬で引き摺《ず》り込まれた。真は肌に触れた夜気の冷たさに、ぶるっと身を震わせた。

「別人が描いてる……」

「失礼だな。私だよ」

ぺしっ、と二の腕を叩かれて、真は我に返った。

「予想と違ったので驚きました。蔡さんの明るくてカジュアルなイメージと掛け離れています。共通して夜の場面だけど、絵によって不気味だったり、幻想的だったり、奥ゆかしかったり、表情が様々だ。闇に浮かぶモチーフが、光を帯びて、とても綺麗です」

真は感嘆の声で呟いた。

「これは、仕方ない」

仕方ない。夜が、蔡を待っている。

「実家が定食屋なんだ。あっちで言う茶餐廳《ちゃさんちょう》。でも、旅行客が訪れるような都会の洒落《しゃれ》た喫茶店じゃなくて、両親が二人でやってる小さなお店。客は近所の住民や会社員ばかり。不夜城の香港らしく、夜遅くまで開いてる」

蔡が大型のキャンバスの縁に手を掛ける。人は見かけによらないと思った矢先、絵の脇に立たれると、不思議としっくり来た。

どれも暗い色が多いが、けっして暗いだけの印象はない。蔡の心根の明るさが反映されている。日本人の十八番《おはこ》だと思っていた月光を、蔡は巧みに操って画面を照らしている。

「子供の頃は毎晩、店のテレビでアニメを見たり、絵を描いたりして過ごしてた。あっちは相席を平気でやるから、私がテーブルの端で絵を描いていても、知らないおっさんが入れ替わり立ち替わり向かいに座って食べてんの」

蔡が懐かしそうに目を細める。

「常連は優しくて、私が外に写生に出ると、付き添ってくれる人が多かった。中には、煙草《たばこ》を喫《す》ってる間だけ構ってくれる人もいた。そんな感じで、昼間より、夕方から深夜にかけての思い出が多い」

身近なものをテーマにする。蔡にとって、それが夜だったというだけ。夜に絵を描く行為が、他人との繋がり方だった。

「こっちで、一人で描いていると、寂しくなりませんか?」

「寂しいぐらいがちょうど良いよ。早く香港で個展を開きたくなるから」

蔡が儚く微笑んで、キャンバスから手を離す。刷毛《はけ》で払ったように微笑が消えた。

「本当はさ、真にずっと謝りたかったんだよね」

突然の申し出に、真は虚を衝《つ》かれた。

「何を謝るんですか? 心当たりが多くて、どれだか分かんないです」

盗撮された真のデッサンを見たこと? 初対面で真の心の傷を穿《ほじく》り返したこと? 盗み聞きして、真に八つ当たりしたこと?

心の中で一つずつ挙げながら、指を折っていく。

「そんなに多くないでしょ! Pintas の新曲を聴かせたことだよ!」

「あれか。蔡さんが、この話は聞かなかったことにして、と言ったのに、気になるから、と迫ったのは俺です。謝る必要はないですよ」

「でも、聴かせなかったら、泣いてなかった」

「泣いてなかったら、神社に辿り着いていませんでした。そもそも、追いかけて来た後、俺を放《ほう》って神社内を彷徨《うろつ》いてたじゃないですか。気にしていたなんて思いもしませんでした」

「だって、泣いてる男の子にどう接したら良いのか、分かんなかったんだもん」

蔡が気まずそうに視線を泳がせる。

そんなこったろうと思った。真は溜息混《ためいき》じりに零した。

「颯太も、蔡さんみたいに分かりやすかったんですけどね。離れたら、何を考えてるのか、分からなくなるものですね」

真は再び蔡の絵に目を戻した。

「経験をネタにするのは当然だと理解しています。でも、なんで、俺が教えたことを歌詞に使ったかな。俺に関する全部が、消し去りたい汚点のはずなのに」

蔡の作品作りの根源に子供時代の家庭環境があるように、颯太も自身の幸せな過去だけを使えば、この禍根を断てた。

「もしそうだとしてもさ、使うよ。ああいう人種は」

蔡が神妙な面持ちで、ゆっくり言葉を切る。

「ラッパーは特にだけど、今時のアーティストは、自分の弱みも過ちも、何でも武器にする。そうやって自分の弱みを強みにするリリックが、ここ数年、目立つよ。他人を思いやらないと創作しづらいご時世で、単に自分だけカッコつけてもバズらない現実を、ノー・キャップな奴《やつ》らは理解している」

冷徹に紡がれた言葉が、深々と胸に突き刺さる。

理不尽に殴られたような衝撃を受けて、真は下唇を強く噛《か》んだ。

だが、確かにそうだと思った。出会ったときから、颯太は出し惜しみしていなかった。良い所も、悪い所も、自分の全部を曝《さら》け出していた。

深く突き刺さった言葉が、琴線に触れる。颯太への暗い気持ちがたちまち退《しりぞ》き、別の気掛かりが胸中を席巻《せっけん》した。

真は思い立ったようにアパートを飛び出した。

六

大下図の最終修正が終わった。来週から本制作の骨描きに入る。

大下図とは、和紙に転写するための絵である。転写後、年末までに墨で描き起こす。骨描きは一筆でも失敗すれば一面を丸ごと描き直すので、多めに時間が取られている。順調に進めば、年始から彩色だ。

床に置かれた下図二面は、失われた松と夏の鳥が補完されている。その前に立ち尽くす蔡が、隣に並ぶ真を振り仰いだ。

「本当に、これを私が描いて良いの？　今からでも担当を交換できるよ」

「いいえ、蔡さんが描くべきです。俺の腕で夏を描けば、『ちょっと拙《つたな》い雪香』止まりになります。でも、夜の風景をダイナミックに描ける蔡さんなら、この夏の躍動感を雪香の筆遣いで再現できるはずです」

「僕も、そう思う」と、土師が真の隣で同意する。

「雪香が乗り気で描いた春と夏を麗華ちゃんが、冷静になって不安が滲んだ秋を真君が、懸命に描き切ったプライドの冬を僕が模写する。変える必要はない」

確かな芯《しん》のある声に背を押されて、蔡が深く息を吸った。

眼前の大下図は、墨一色で描かれた松と鷲《わし》の絵だ。別紙に色の検討も済ませてある。この決定に、三人とも迷いはない。空から飛んできた鷲が、羽を折り畳みながら鋭い鉤爪《かぎづめ》を松の枝に掛ける。まさに鷲が枝を摑もうとする一瞬を切り取っている。

鷲摑みという言葉があるように、求める運を確実に手に入れる。込められた願いは、日下部家への想いだけではない。

きっと平野雪香だって摑みたかった。

幸運を。輝かしい未来を。

自分の弱みを強みにする、と聞いて、真の思考は一気に深まった。これまであらゆる角度から汚れを落とした対象を、初めてレンダリングで鮮明にした感じだ。どんなに描き込んでも2Dだった平野雪香のイメージが、ようやく3Dになって、内情を発露したようでもあった。

狩野派を破門された家に生まれた絵師の生き様とは、どのようなものだったのだろう。

本来であれば、平野雪香は江戸狩野派の最高峰の教育を受けられる身分だった。だが、平野雪香は我が身の憂き目を嘆かず、ステータスである清原の姓までも捨てて、平野を画号にして己を追い込んでいる。

まるで己の腕だけでどこまで登れるかを楽しむみたいに、絵師としての人生に挑んでいる。だが、気合いは十分でも、筆一本で身を立てる過酷さに、再三身を揉《も》んだだろう。

その心境も母親との確執も、すべては憶測の域を出ない。的外れの可能性だって、ある。

だが、真は何度も繰り返し模写するに連れて、この絵を誰よりも切望したのが、平野雪香自身であるような気がした。

絵師は、何かを伝えるために絵を描く。客の希望に応えるためであっても、自己満足のためであっても、弟子に図様を残すためであっても、脳内にアイディアが湧くから作品が生まれる。

だが、一度でも絵師本人の手を離れれば、様々な思念が付着する。オリジナルも、贋作も、模写も、例外はない。ゆえに、真は付着する余地のない分かりやすさを追求した。

一目で伝わる――その単純明快さが、この襖絵を縁起物たらしめる大事な要素の一つだと思った。

「なんだか、随分とこの襖絵が愛《いと》おしくなってきました。一つの作品を、こんなに長く考察した経験がなかったので。ふとした時に、絵から風の音や鳥の声が聞こえる気がするんです。……変ですよね」

「そんなことない。分かるよ。他人の作品なのに、私たちの一部みたいに感じるよね」

蔡が柔らかく頷く。

「最初、このメンバーで完成するのかな、と思ってたけど、案外どうにかなったね」

「そういうのは完成してから言おうよ。まだ作業は残ってるよ」

土師が呆《あき》れたように蔡に目を向ける。その口元が笑っている。

「俺も、最初は力になれないと思っていたので、ここまで続けられたことが、嬉しいです。先輩たちのおかげです」

「真君まで。だから、完成してから言ってよ。失敗のフラグが立つよ」

土師に肘で小突かれて、真は笑いながら小突き返した。

土師と蔡に鷲摑みの案を披瀝《ひれき》したとき、真は緊張のあまり胃の中のものを吐きそうになった。最終的な決定は、自分らの納得次第だった。もちろん日下部に見せて承認を得る必要がある。だが、三人が納得した研究成果でなければ、見せられない。

真剣に考え出した案が、土師と蔡に刺さるのか、不安で堪《たま》らなかった。これ以上の案はない、と豪語できる自信があったので、僅かでも難色を示されたくなかった。

もし受け入れられなければ、バンド・メンバーから外された時のような拒絶を味わう。トラウマが蘇るぐらいの自負と仲間意識を抱いていた。

「でも、実際に真がいて良かったじゃん。真がいなかったら、これとは違う絵組になっていたかもしれないよ」

「そうだね。僕は九十九パーセント、鷹だと思い込んでいた。誰か一人でも欠けていたら、正解からもっと遠ざかった形で完成していただろうね」

絶対にこうだという思い込みが復元を遠ざける——人見が語った父の言葉を反芻《はんすう》する土師の横顔には、内省が覗《のぞ》いている。

「三人で、ちゃんと完成させよう」

真と蔡は、力強く頷いた。

「そういえば、ずっと気になってたんだけど、この襖絵のタイトルって、何かな？　修復でも見つからなかったよね。レポートに何て書く？」

蔡が髪を耳に掛けながら、首を傾ける。

真と土師は数拍、沈黙した。

「言われてみれば、俺たちずっと襖絵と呼んでいますね。流石《さすが》に日下部さんも知らないでしょうね」

「四季花鳥図と言いたいところだけど、微妙にマッチしてないもんね。納品までに考えようか。遺作が襖絵と掛軸だけでも、タイトルは必要でしょ」

土師がくるりと体の向きを変える。横一列が崩れて、三角形に向かい合う。

「まだ時間があるし、今日は磬砂引きまでして帰ろう。今回はさ、自分の分じゃなくて、メンバーの分を引こうよ。例えば、僕が麗華ちゃんの使う襖に磬砂を引いて、麗華ちゃんが真君のを、真君が僕のを引く。どうかな？」

「良いじゃん！　自分で引くより心が込もる！」

「緊張するけど、丁寧にできると思います。やりましょう」

「そうと決まれば、早速、膠を湯煎《ゆせん》しに行こう。三人で作れば、時間内に終わるでしょ」

面倒臭いと思っていた手間も、今では、大事な下拵《したごしら》えだった。同じ目標を掲げた人たちと丁寧に行う準備は、真の心を鎮め、漲《みなぎ》らせる。作者が残した目に見えない宝物が、真《ま》っ新《さら》な和紙の向こう側に存在しているように感じられて、高揚する。

きっとこの想定復元模写をやり遂げれば、自分は躓《つまず》いていたものを乗り越えられるだろう。古典の襖を開けて出るとき、己を取り巻く世界は、途方もなく開けている気がする。

日が暮れ始めた頃、襖紙十二面分に使う大量の礬砂を抱えて、三人は実習室に戻った。

本番用の襖紙の上で、真は礬砂を含んだ刷毛を、思い切り真横に引いた。

第五章　二本目の筆

一

師走《しわす》も半ばになった夜の十時過ぎだった。真は今日の分の襖絵《ふすまえ》の練習を終えて、リビングに向かった。風呂《ふろ》に入る前に冷蔵庫の麦茶を一杯飲んで、一息吐《つ》きたかった。

リビングではパジャマ姿の母が、ソファに座ってテレビドラマを観《み》ている。愛用のブランケットを膝《ひざ》に掛け、ルームソックスを履いて、一人の時間を楽しんでいる。雪は降っていないが、頭が痛くなるような夜の寒気が、容赦なく家の中に侵入していた。暖房が静かに強風を吐いて、母の周囲を暖めている。

母が真に気づいて、ドラマを一時停止した。看護師で夜勤のシフトがある母は、観たいドラマや映画をほとんどサブスクの配信で視聴している。

「真、ちょっとええ?」

母が振り向いて、手招いた。心持ち真剣な表情をしている。

真はグラスの縁《ふち》に口をつけたまま、母の隣に座った。

母がおそるおそるといった様子で口火を切った。

「毎日、熱心に描《か》いてるから、なかなか言い出せなかったんだけど、来年の四月からどうするか、そろそろはっきりさせておかないとね。退学するなら、就活しなきゃいけないでしょ。将来をどうしたいか、考えてる？」

真はグラスを両手で抱え直した。

母は息を詰めて、真が本心を吐露するのを辛抱強く待っている。かつてバイトを続けながら絵画制作をしていた父と結婚した女性だ。真がフリーターの人生を選んでも、きっと受け入れてくれるだろう。

「俺《おれ》、復学するよ」

真が母の目を見て告げると、母の表情がほっと緩んだ。

「油画科に復学ってことでええの？　日本画科に編入じゃなくて？」

「油画科で再出発したい。今度はちゃんと自分の制作をしたいんだ。日本画科に編入してもできるだろうし、なんなら新しい道が見つかるかもしれないけど、それは今じゃなくて良いと思ってる。……何度も自問した。俺は、リベンジしたい」

そう、と母が神妙に頷《うなず》く。

「就職してほしい？」

「真が自分で決めた道なら、お母さんはどれでも応援するよ」

母が嬉《うれ》しそうに顔を綻《ほころ》ばせる。

「黙って腹を括《くく》るところは、お父さんそっくりやね。本当にこれでええんか、って一人で考え込んで、決断してた」

真は酢を飲んだような顔をして固まった。

母はせいせいした様子で、ドラマの視聴を再開する。

ややあって、真は深く息を吐き出すと、グラスの麦茶を一気飲みしてソファを立った。

「来週の木曜日に、復学届を提出するよ」

母は機嫌良く声だけで返事をした。


翌週の木曜日、真は己の言葉通りに、油画科棟の二階にあるＰＣ室に赴いた。復学届を印刷するためである。

自宅のパソコンからでも学部サイトにログインできるが、今はプリンタの調子が悪かった。掃除をすれば改善しそうだが、億劫《おっくう》で放置している。保存修復日本画研究室に行く前に提出まで済ませるつもりだった。

五十台の黒いデスクトップが並ぶＰＣ室には、真の他に見知らぬ学生が三人いた。何回生かも分からない。でも休学中なのは、十中八九、真だけ。

窓のない室内にはLEDの白い光が降り注ぎ、マウスのクリック音とタイピングの音だけが聞こえる。暖房は入っていないらしく、手元に冷気が漂っている。

学籍番号とパスワードを入力しながら、入学直後にこの室《へや》で一般教養科目の履修登録をした日を思い返した。

あの頃《ころ》は中退も視野に入れて、颯太らとプロのアーティストになる道を志していた。父が客死して二年が経《た》ち、早く稼げるようになりたい気持ちが人一倍、強かった。

ふっ、と鼻から息が抜ける。幼虫の同級生と違って、一足先に蛹《さなぎ》に成長している、と思い込んでいた痛い記憶まで蘇《よみがえ》った。現実は自分だけが幼虫のまま。

小太りの男が真の脇《わき》を通り過ぎる。

プリンタが吐き出した復学届の印刷具合を確認して、真はパソコンをシャットダウンした。

復学届の提出期限は、二〇二六年二月二十八日だ。まだ二ヶ月強の猶予があるが、すでに心は決まっている。

真は必要事項を記入した復学届の用紙を手に持ったまま、PC室を出た。このまま学生課に提出して、保存修復日本画研究室に行こう。

だが、階段の手前の角を曲がったところで、誰かと肩がぶつかった。復学届が手から離れ、ひらりひらり、とリノリウムの床に落ちる。

気付いた相手が先に復学届を拾った。紙面に書かれた真の名を呟《つぶや》いて、顔を振り向ける。目が合った。グレーのブルゾンに黒のパンツ。カチューシャを付けた瓜実顔《うりざねがお》。同じ歳《とし》の男だ。同級生だったから知っている。でも、名前を思い出せない。――誰《だれ》だっけ？

差し出された紙を受け取る。

「ありが――」

「まだいたんだ」

礼を言い終わらぬうちに、男は足早に立ち去った。真のことなどまったく眼中にない態度だ。誰だ、あれ。思い出せない。いや、思い出したくない。

真は全速力で階段を降りて、保存修復日本画研究室に向かった。無人の実習室に駆け込んで、長く息を吐き出す。

（気にするな。どうせ春には、同級生のほとんどが卒業してる）

心に染み付いた負け犬根性に辟易《へきえき》した。だが、ああいう態度を取られる原因は、過去の自分にあるのだろう。他の学生と一線を引いていた真の態度が、鼻に付いていたに違いない。

うつむいていると、パッと電気が点《つ》いた。

「真君……⁉　電気も点けないで、何してんの？　具合でも悪い？」

土師の戸惑った声が聞こえて、顔を上げた。

「お疲れ様です。元気です」

「そんな風には見えないけど……。今日、麗華ちゃんがインフルになったから休むって。真君も体調が悪かったら無理しないでね」

「本当に、何ともないんで。少しぼーっとしてただけで」

「寝不足？　コーヒーでも買って来なよ」

土師が暖房を入れる。

真は気付かれる前に、握り締めて皺《しわ》だらけになった復学届を、鞄《かばん》に捩《ね》じ込んだ。努めて平静な態《てい》で鞄を机に置き、上着を脱ぐ。

出し抜けに、土師の背に質問をぶつけた。

「土師さん、来年の進路って決まってますか？　修士、今年度までですよね。就活されてるんですか？」

「してないよ。博士に進むつもり。一月に一次の合格発表があって、二月に二次試験がある。多分、受かるよ」

なんで？　といった表情で、土師が振り返る。

「真君はどうするの？　確か、休学二年目だよね」

「……俺は……復学するつもりで……」

耳奥で元同級生の声がリフレインする。まだいたんだ——まだ辞めてなかったんだ。

「じゃあ、来年からも学内で会えるね。真君の作品を見る日が楽しみだ」

たちまち鳴り響く声が霧散して、土師の弾んだ声に置き換わる。喉奥《のどおく》に熱い塊が込み上げた。真は声を出す代わりに、大きく頷いた。

土師が真の作品を見たいと思ってくれていた。その喜びが、芯《しん》から冷え切った真の心身をじんわり温める。

「そういえばさ、襖絵のタイトルを考えたよ。その名も、花鳥図」

土師が紺のセーターを脱いで、グレーのスウェットに着替える。袖口《そでぐち》や裾《すそ》が墨で汚れている作業着だ。襟ぐりから出てきた得意顔が「花鳥図」と繰り返した。

「えらく端的ですね。拍子抜けしませんか」

「日本絵画のタイトルは、単純に画題だからね。何をメインに描いたかが分かりやすくなっている。この場合は花鳥図という形式で、桜下雉子図《おうかきじず》、松鷲図《まつわしず》、楓孔雀図《かえでくじゃくず》、雪松《ゆきまつ》に鶴図《つるず》、に分けられると思う」

土師が腕を捲《まく》る。真は普段通りの土師のペースに身を委ねた。

「大徳寺聚光院《だいとくじじゅこういん》の永徳の襖絵が、似たようなパノラマ作品なんだよ。あっちはサイズが大きい十六面の大作で、東から北、西へとコの字に春夏秋冬の絵が一巡してる」

千利休《せんのりきゅう》の墓所としても知られる大徳寺聚光院は、永禄《えいろく》九年（一五六六年）に創建され、本堂に狩野松栄・永徳父子が描いた全四十六面の襖絵があった。国宝で、二〇二二年九月から翌年三月まで、五年半ぶりに京都国立博物館から里帰りした特別公開が話題となった。

「その花鳥図十六面が、松に鶴図、梅に小禽図《しょうきんず》、蘆雁図《ろがんず》、に分けられてるんだ。それに倣《なら》ったら、レポートも書きやすくなるかなと思った」

土師の言葉には衒《てら》いがない。心地良く脳に染み込んで、もっと聞いていたくなる。

「秋を楓孔雀図と秋草図の二つに分けても良いと思う。孔雀は真君で、秋草は僕が模写するから」

「異論なしです」

真が頭を悩ませる前にすんなり解決した。

真は凜太郎の助手という名目で模写制作に参加しているが、やっている内容は土師らと変わらない。人見にレポートの提出を求められている。当然ながら真は単位を得られないが、二つ返事で了承した。学んだ技法を記録し、研究成果を文章に残す意義は理解できる。

何より、こうして作品やレポート作成について相談する時間は、真が避けていた大学生らしい交流だった。新鮮で、楽しくて、あと三ヶ月で終わるのかと思うと、堪《たま》らなく寂しくなる。

土師も真も、今日中に骨描《こつが》きを終わらせる予定だ。来週が今年最後の授業になるので、無事に終わらせられれば、インフルエンザで遅れている蔡の手伝いができる。

暖房が利き始めた室内に、墨を磨《す》る音が静かに流れ始めた。

二

一週間後、真は油画科の元担任に呼び出された。大階段の常盤木《ときわぎ》も凍てつくような厳寒の木曜日だった。

指定された時刻ぴったりに教授室の扉を開けると、コーヒーの香りが濃く香った。

元担任である古橋夏菜子《ふるはしかなこ》教授は、二年前より濃い隈《くま》を目の下に拵《こしら》えて、マグカップを唇から離した。

真が入学する前より一貫して黒服のみを着ている古橋は、魔女の渾名《あだな》に違《たが》わず、今日も黒のニット・トレーナーとロング・スカートのオールブラック・コーデだった。一度も染めた経験がないような濡羽色《ぬればいろ》の前髪を右に流している。年齢は四十代後半らしいが、十は上に見える。

制作は絵画とインスタレーションをメインとし、光と影をテーマに扱う。戦争をモチーフにした古橋の代表作は、真の記憶にも強烈に残っている。

「早く閉めて。寒いわ」

外の風巻《しまき》より鋭い声が飛んで来て、真は後ろ手に扉を閉めた。

古橋は常に不機嫌そうな表情をしているが、今は一段と眉間《みけん》の縦皺《たてじわ》が深い。コーヒー・ミルの前に佇立《ちょりつ》していた古橋が、デスクチェアに座る。

真は扉の前から動かなかった。すぐに出て行くつもりなので。

「お久しぶりですね。なぜ呼び出されたか、分かっていますか？」

「メールを見ました。学則違反の心当たりがありません」

古橋が咎《とが》めるように咳払《せきばら》いをする。

「休学中に、履修登録科目の受講と学内定期試験の受験は、できません」

「履修登録科目の受講は、していません」

古橋が、これみよがしに深く溜息を吐く。

「前代未聞なのよ。休学中の学生が他科の大学院の受託研究にがっつり関《かか》わるなんて、誰が思うの。こんな勝手を、認められるわけがないでしょう」

「でも、人見先生の許可は得ています」

「人見教授の独断です。あの方は保存修復研究領域の領域長だから、学長に可否を確認してもらいました。本来、カリキュラム外の行為は、学部教授会の審議を経て行われます。でも、これは、論外」

古橋が身を乗り出す。

「日本画科の教育を受けていないあなたのせいで、依頼主から苦情が来たら、どう責任を取るの⁉　大学の名に瑕《きず》が付くわ！」

古橋の剣幕が一層、激しくなる。眉間の縦皺が一本から三本に増えた。

真は平静を装いながらも、どこから露見したのかと狼狽《うろた》えた。土師や蔡からは、ありえない。保存修復日本画研究室の助手や院生でもない。油画科の来栖も違うだろう。来栖に事情を話したのは数ヶ月も前だ。どちらも告げ口をするなら、とっくにしている。

脳裡《のうり》に一人の男の顔が浮かぶ。先週、肩がぶつかった元同級生。だが、彼は復学届を拾っただけだ。何も話していない。

売店の店員か？　様々な候補が浮かんでは消える。

「聞いているの⁉」

古橋に怒鳴られて、真は我に返った。

「先生は、俺が模写制作に参加していると、誰からお聞きになったんですか？」

「油画の学生《うち》よ。学費を払っている身としては、あなたの行動を看過できないと言って来たの。当然だわ。あなたは休学費だけを払って、編入もせずに、人見教授の教えを受けている。研究を邪魔している自覚はあるのかしら？」

「邪魔だなんて……足手纏《あしでまと》いの自覚はありましたけど、俺なりに精一杯やっています」

古橋の眉《まゆ》がピクリと神経質に動いた。

「あなた、休学する前もそうだったわね。自分は精一杯、課題をやって、制作している気になっていた。所詮《しょせん》、他人に合わせた作風を作り上げて、己を持たない自分を騙《だま》していただけなのに」

ああ、と古橋が心得たような声を洩《も》らす。

「愚直なあなたに、模写はお似合いね。完成度の高い画家の絵を写して、あたかも自分が作り上げたかのような錯覚を得る。満足度が高くて、打ってつけでしょう。現実を教えてくださった人見教授に、お礼を言わなくては」

金縛りにあったみたいに声が出ない。すぐさま反論しようとして、失敗した。否定したいところは一つではないのに、どう言えば伝わるのか、すぐに頭が回らない。

(だから、嫌なんだ。萎《な》えさせる言い方をして、何人の学生を退学に追い込んだんだよ)

古橋は、己が口にする言葉の効果を把握している。真が一回生のときも、講評を真《ま》に受けた学生が自主退学した。過去の真はバンドという拠《よ》り所《どころ》があったので聞き流していたが、現在は違う。見抜かれていた事実を受け止める強さがあり、認める理性があった。

「模写は、出来損ないが優越感を覚えるための仕事では、ありません」

在りし日の父の姿を思い出す。筆を二本持って、あらゆる作品の深意を写し続けた人。

「模写では、自分と違う人生を送った作者の心を掘り下げて、最終的にどういう想《おも》いで描いたかを考えます。いつの時代も、人は何らかの想いを抱いて制作していますから。過去の画家の中に、自分にない部分や共通した部分を見つけると、感動するんです」

それが、自分を見つめ直す切っ掛けにもなる。

「人見先生には感謝しています。優秀な先輩たちにも。おかげで俺は、前よりずっと絵に対して誠実になれました」

面上に含羞《がんしゅう》が滲《にじ》むのを自覚した。だが、胸にある思いが、噴水のように噴き出して止まらない。

「俺は今、人の心を復元している最中なんです。中途半端に投げ出したくありません」

呆気《あっけ》に取られたようだった古橋の顔が、みるみる赤くなった。唇が戦慄《わなな》き、染みの浮いた手が、噴水の口を押さえるようにデスクを叩《たた》く。

「とにかく、これ以上の参加は認めません。保存修復日本画研究室には立ち入らないように。継続行為が認められた場合、先週提出した復学届は受理されないと思いなさい」

理不尽だと言いたかった。そんな毒気には負けないと奮い立ちたかった。だが、

「あなたがいなくても、模写は完成するんですから」

諭すように告げられた正論に、心が折れる音がした。

三

古橋の教授室を出たその足で保存修復日本画研究室に向かった。すごすご帰らなかったのは、真なりの意地だった。躊躇《ちゅうちょ》なく玄関のドアを開けて、階段を駆け上がった。

土師と蔡が作業中であろう実習室へは行かず、人見の教授室の扉を勢いよく叩く。中から「どうぞ」と返事も言い終わらぬうちに入室した。

年末でも大掃除を無視していそうな雑然とした室内で、人見はキーボードを叩いていた。肩で

息をする真の姿を認めて、手を止める。

「古橋先生から、受託研究に関わらないようにと言われました。模写制作を続けた場合、復学を取り消すとまで脅された。俺は、もうここに来ちゃいけないんですか？」

人見が眼鏡を外す。その顔に後悔や同情の色はない。学長による譴責《けんせき》があったはずだが、独断を過ちだと恥じていない顔つきである。申し訳なくされるより好ましかった。

「真君は、どうしたいですか？」

「俺は、続けたいです。三人で完成させようと約束しました。それに、彩色がまだです。これから筆を二本持って、塗る予定でした」

毅然《きぜん》と告げる。骨描きを終わらせた段階で、まだ楓の葉一枚、塗っていない。

父がやっていた筆の二本持ちは『返し筆』と言い、紙に載せた絵具が暈《ぼか》す前に乾いてしまわないようにするための技だ。水を含ませた隈《くま》取り用の筆を二本目に持って、水で暈しながら着彩する。筆を持ち替えながら塗る人もいるが、片手の二本持ちは、慣れれば作業速度が上がる。

だが、真には、それ以上の意味があるように感じられる。作者と模写制作者が揃《そろ》わなければ生まれない模写作品のために、二本、ある。

人見が冷厳に問うた。

「退学することになっても？」

返事に詰まった。退学は、したくない。土師が真の作品を楽しみにしてくれている。復学して、もっと絵の勉強をして、平野雪香のように一人で大きな作品に挑戦したい。いつか、誰かの心に残るために。

「日本画科に編入すれば、許可されますか？」

「編入は四月からです。でも、模写制作は三月まで。現時点で日本画科の教育を受けていない真君の参加が問題なので、編入を希望しても、認められないでしょう」

「なら、人見先生はどうして俺を参加させたんですか……？　日本画科の教育を受けていない学生を参加させて、取り返しのつかない事態になるとは考えなかったんですか？」

「その心配はしていませんでした。稲葉君という保険があるので。真君が早々に音《ね》を上げたり、今回のように強制的に外されれば、稲葉君が引き継ぐ予定になっています」

人見の声には、凜太郎に対する厚い信頼がある。

凜太郎は、文化財の保存修復と復元、絵画や建造物の彩色を多く手掛ける会社の彩色師だ。実力も、乗り越えて来た場数も違う。襖絵の修復を手伝って理解を深めている凜太郎ならば、問題なく真の担当分を完成させるだろう。

「元々、修士三人でやらせる予定でした。ですが、たまたま飲みの席で襖絵の話をしたときに、稲葉君が自分も関わりたいと言い出したんです」

「凜太郎君から？　人見先生が奥美に協力を依頼したのではなかったのですか？」

「奥美の手を借りるほど価値を与えられた作品ではないので、そんなほいほいと気軽には頼めないですよ。でも、稲葉君から予想外の申し出を受けましてね。君を参加させたい、と」

「それは、俺が自宅に引き籠もっていたからですよね。外に連れ出すための口実にしたんですよ。無責任な頼みだと、叱《しか》っていただいて良かったのに」

「引き籠もっていたんですか。てっきりバイトに明け暮れていたのかと思いました」

人見は初耳だと言わんばかりに小さく笑った。

「稲葉君は、自分のためのように言っていましたよ」

不可解な言葉を聞いた真の首が傾《かし》いだ。

「君がお父さんと過ごすはずだった多くの時間を奪った負い目から、良い加減、抜け出したかったそうです。自分のせいで、真君とお父さんの間に溝ができた。それをどう埋めたら良いのか分からない――と。稲葉さんが亡くなられて、自責の念が増したのでしょう」

人見が重くなる空気を軽くするように、

「自意識過剰では？　と言ったんですけどねぇ」

デスクに頬杖《ほおづえ》を突く。遠くに向けられた瞳《ひとみ》には、健気《けなげ》な幼子に向けるような温《ぬく》もりがあった。

「そんなこと、凜太郎君はひと言も言っていませんでした……俺が父を避けていた理由は、画家になれなかった負け組だと、勝手に見下していたからで……」

はっと人見に焦点を合わせる。冷徹な眼光に射抜かれて、顎先《あごさき》が震えた。羞恥《しゅうち》が全身を駆け巡る。

「野心のない善人が、ささやかだったり、地味だったり、面倒だったりといった仕事をしてくださるおかげで、失われずに守られているものがある。だから世界は、さほど醜くならずに済んでいる。そうは思いませんか?」

清《さや》かな声が優しく胸に触れて、真は狭くなった喉奥から本心を絞り出した。

「俺も、守りたいです」

作品に込められた平野雪香の心を。日下部の思い出を。

人見が出会った時に言っていた——現代に生まれた幸福——を、真はようやく実感し始めていた。

「俺に、守る権利をください」

「それは、君自身が摑《つか》み取るべきものです。私から学長への釈明は終わっています。あとは、高飛車な油画科の教師陣を説得する必要があります」

「学長は、俺の参加を頭ごなしに否定しなかったんですか……?」

「ここは美大ですよ。もちろん学生の意見は大事です。ですが、芸術はどの分野でも等しく人のために存在します。人のために生まれる芸術の真価を、第一に考えるべきです」

芸術の僕《しもべ》が、愉悦めいた笑窪《えくぼ》を刻む。

真は、自分の存在が模写の完成に必要不可欠だと言われたように感じた。ずっと手に入れたくて踠《もが》いていた指先に、何かが引っ掛かった。胸を刺し続けた痛みが、喜びに押し退《の》けられる。

「狩野派を破門された絵師一家は、破門されても、それぞれの作品を後世に残しました。——さて、真君が筆を二本握るためには、あと何が必要かな？　それが、完成のための最後のピースです」

課題を言い渡すかのように、人見の言葉が真の背を強く押す。人見がデスクチェアから立ち上がって、扉を開けてくれた。

真の眼前に、盗作されても信念を貫く土師の姿や、故郷の思い出を糧に日本の夜を歩く蔡の姿が、蘇る。最後に、たおやかに筆を揮《ふる》う平野雪香の姿も。

彼らにあって真に足りなかったもの。この先、作品を描き上げるために必要になる。

「必ず戻ります。凜太郎君への引き継ぎは、絶対、しません」

真は一礼して、建物を出た。折れた心が立ち直る音がする。

外ではいつ降り出したものか、大粒の雪が襖絵の冬の如《ごと》く、風に吹かれて舞っていた。

四

その日、午後九時を過ぎても、雪は降り止《や》まなかった。

グループ通話中であるスマホの画面は三分割され、土師と蔡と真の顔がリアルタイムで動いている。土師は代わり映えしないが、蔡は前髪をヘア・クリップで留め、肌触りの良さそうなもこもこのルームウェアを着て、すっかりOFFモードだった。

スピーカーをONにした通話口から、蔡の心外そうな声が響く。

〈じゃあ、油画の元同級生がチクったってこと⁉　わざわざ、そんなん、する⁉　こっちの院生だって、真の参加を知ってもスルーだったのに。逆に、よくやってるね、って褒めてたくらいだよ〉

〈真君が他所《よそ》の科だからだよ。同じ科の人間が他所の研究に参加していると知って、気に食わないと思う人は、いるだろう。ちょっと陰険だとは思うけど、まあ、楽芸《うち》らしいっちゃ、らしい嫌がらせだよね〉と土師。

先週、復学届を拾った元同級生・錦田圭吾《にしきだけいご》が、来栖から真の状況を聞いて、古橋に訴えたそうだ。錦田と来栖は卒展制作のアトリエが同じであり、真を見かけたと言った錦田に、来栖は世間話のつもりで真の事情を話したらしい。

「今更、錦田を責めたところで意味はないです。冬休み明けの学部教授会で、俺の参加を正式に認めさせます」

〈認めさせるって、どうやんの？　私らにできることがあるなら、手伝うよ。そんな理由で真が抜けるなんて、萎えるし〉

〈それな〉と土師も同意する。

嬉しくて、心強くて、真の頰に自然と笑みがあふれた。

「古橋先生の言い分を覆せば、俺の参加は認められるはずです。俺の参加が受託研究にとって有益だと認めさせます」

　おおっ、と歓声が上がる。

〈自分を足手纏いだと言っていた、あの真が、自分を売り出した！〉

〈凄《すご》い自己肯定感の上がり方だ！　録音しておけば良かった！〉

　顔が熱くなる。盛り上がる場を制するように、真は声を張り上げた。

「古橋先生が挙げた問題点は、俺が大学で日本画科の教育を受けていないこと、受託研究の邪魔をしていること、の二点です。錦田の言い分である休学中云々《うんぬん》は、大学側はあまり問題視していないはずです。今後、こういった異例が頻発《ひんぱつ》するとは思えないので」

〈つまり、古橋先生は真君が受託研究に参加して、復元模写が失敗するリスクを恐れているわけだ。自分の学生が他科でやらかしたとなったら、面倒だから〉

　受託研究は、外部からの依頼を大学が受けて成立するビジネスだ。授業ならいくら失敗しても許されるが、受託研究では、許されない。

〈じゃあ、失敗するリスクの低い人が、受託研究を担当していると分かれば良いね〉

　蔡の言葉に、真が頷く。

「凜太郎君と人見先生、先輩方から教えてもらった日本画の知識を、すべて報告書に纏《まと》めて提出します。研究内容と、現時点での成果も。最短で受託研究のための教育を受けた事実と、描き溜《た》めた写生、自分が貢献した事実を見せて、頼み込みます」

〈それだったら、僕らも真君が必要だという嘆願書を書くよ。真君は多大に貢献したからね。実力だって日本画科の学部生に負けていないさ〉

〈でも、一番の効果的なやり方は、日下部さんから指名を貰《もら》うことだと思う〉

蔡の提案に、真は視線を落とした。

依頼主が真を研究メンバーに指名すれば、大学側も受け入れざるを得ないだろう。外して苦情が来れば、本末転倒だ。

だが、今回の騒動と無関係の日下部に、身勝手な頼みは、できない。

襖絵の出来だけを考慮するなら、凜太郎に代わるほうが日下部の期待に応《こた》えられるだろう。真も土師も蔡も、それは理解している。

だが、身を引く選択はなかった。自儘《じまま》かもしれないが、真自身の手で完成させなければ、凜太郎は良心の呵責《かしやく》に苛《さいな》まれ続けるだろう。真も無念を抱き続ける。

「やれるだけやってみます。メンバーから外されて、二度も引き下がりたくありません」

一度目がバンドだと、土師と蔡はよく理解していた。

〈僕も年末年始を返上して、報告書作りを手伝うよ。一緒に思い出しながら進めたほうが、捗《はかど》るでしょ。ちょうど院試前だから帰省するな、って親に言われてたんだ。余裕なのに酷《ひど》い、と思ってたけど、真君の手伝いができるなら、京都での年越しも悪くない〉

院試の準備時間が減ってしまって大丈夫だろうか、と一抹の不安が過《よぎ》ったが、土師の自信の前では安心が勝った。

〈私も帰らないよ。正月は、両親が京都旅行に来るから。だから、それまでは私も手伝う。一緒に頑張ろうね〉

一人でなんとかしなければいけない、と意気込んでいたので、共に戦ってくれる仲間がいる心強さに、真は胸を打たれた。今まで取り零《こぼ》してきたものを、この数ヶ月で着実に取り戻している。

「ありがとうございます。よろしくお願いします」

真はスマホの中の二人に対して、深く頭を下げた。

「ところで、蔡さんは骨描き、終わったんですか？　手伝いに行けなかったから気になっていました」

〈なんとか終わったよ。ケチな土師さんが手伝ってくれなかったから、居残りした〉

〈ケチは余計だ。僕は僕で色幅を思案していたんだよ。細かく決めておいたら、一月からの作業がスムーズだろう〉

「どこの色ですか？」

〈葉の緑だよ。原本の蒼松《そうしょう》も楓も秋草も南天《なんてん》も雪松も、どれも差がつけてあるように見える。多分、意図的に塗り分けてる。だから、白緑や白《びゃく》の緑青で下塗りして、上に塗る緑の濃淡を、それぞれ細かく決めていたんだ。試作の時は、そこまで気を配らなかったから〉

彩色では、彫塗《ほりぬり》の前に下塗りの工程がある。粒子の小さい色で下塗りを済ませておくことで、上層の岩絵具の粒子の隙間から紙が透けて見えないようにすることができる。また、岩絵具の付着性が高まるので、粒子の大きい色が塗りやすくなる。したがって、下塗りがしっかり行われている絵では、比較的、彩色が剝落《はくらく》せずに残りやすい。

進捗《しんちょく》の確認を行い、今後のスケジュールを決めて、時刻が零時になる前に通話を終えた。訪れた暫時《ざんじ》の静寂の後に、暖房の低い唸《うな》り声が耳に届く。

冷え込みは厳しく、暖房がいくら熱を吐いても、アトリエの気温は上がらなかった。

空気が乾燥して、瞬きが増える。だが、真は楓孔雀図の写真を眺め続けた。

凜太郎の顔が頭から消えない。

……正念場だと思った。

五

冬季休業明けに真が提出した活動報告書一式は、学長と人見の口添えもあって、正式に受理された。

一週間後、真は学部教授会の審議の結果を聞くために、古橋の教授室に赴いた。一ヶ月前と変わらず気難しそうな古橋の表情からは、可否を読み取れない。

「単刀直入に言って、結論が出なかったわ」

予想だにしなかった返答に、二の句が告げない。破れそうに波打っていた心臓が、紙風船に穴が空くみたいに儚《はかな》い音を立てた。

「活動報告書を読みました。二百十七枚の写生も試作も、制作途中の現物もすべて目を通しました」

「試作は写真を載せましたが、現物も……？　実習室に行ったんですか？」

「もちろんよ。審査は公正にしなければ。真面目《まじめ》に取り組んだのね」

僅《わず》かに古橋の口元が緩んだ。だが、桜のように薄く色付いた唇は、瞬く間に真一文字に引き結ばれる。

古橋は一枚の文書をデスクに置くと、指頭で、つ、と真に向けて滑《すべ》らせた。

「結論が出なかった理由は、賛成派と反対派に二分されたからです。反対派から、虚偽があるのではないか、と意見が出ました。あなたの休学前の学修態度と成績が、半数の先生に不信を抱かせたの」

真は書面に目を落とした。真の受託研究への参加を認める者と認めない者の名が、律儀に記されてある。副学長の灰藤《はいとう》は賛成、古橋は反対と予想していたが、結果は逆だった。今し方の微笑は、見間違いではなかったらしい。

「先生は、どうして俺の参加を認める気になったんですか？　俺がいなくても、模写は完成すると言っていたのに」

「あなたがいなくても模写は完成します。その考えは、変わりません。ただ、どういった心境の変化でのめり込んだかは知らないけど、無視すべきではないと判断しました。報告書には、それだけの熱意が込められていた」

古橋が唇を湿らせる。

「それに、十分、任せられると思いました。休学前の元々の実力から現物に至るまでの練習量も、妥当です。あなたが描いたものだと見抜けます。嘘《うそ》だの信じられないだの、滑稽《こっけい》にも程がある」

反対派の教師陣を目の当《ま》たりにして、古橋はひと月前の自らの態度を省みたように冷静だった。余さず閲《けみ》して判断した公明さに、真は今までの古橋への認識を改める。

「それを会議で――」

「言いました」古橋が屈辱を感じたような表情で、語気を強める。「ですが、私の意見だけでは、教授会の総意になりません。受託研究を手掛けるとあっては、どの先生も慎重になりますから」

「俺以外に適任はいません。俺は、これまで先輩方と一緒に研究をしてきました」

「私にいくら喚《わめ》いても無駄です。ここでは、口より腕がものを言います。プリントの下のほうを見てください。あなたに、特別試験を提案します」

試験内容は、楓孔雀図の骨描き（一部）。

受けるか受けないかは、真の自由。だが、受けない場合、その時点で受託研究への参加資格を失う。

「納期まで日もないので、別の院生に変更もできません。試験の結果を見て、最終的な判断とします。院生二名での作成となれば、最悪の場合、こちらから依頼者様に納品日の延期をお願いするでしょう」

迷うまでもなかった。

「受けます。俺の手で、反対する先生方を黙らせます」

特別試験の日付は、三日後の月曜日だった。

六

一月十九日月曜日、保存修復日本画研究室の実習室に、八人の教師と学生が集まっている。真を挟むように、人見、土師、蔡の他、油画科の教授である古橋、灰藤、助手の瀬戸《せと》、学長の福地《ふくち》が居並ぶ。

これから始まる特別試験は、けっして短くない時間を要する。足が痺《しび》れては審査に支障を来すので、人見が七人分の椅子《いす》を用意した。真剣な表情がずらっと並ぶ中、福地だけがのほほんと見物客気取りで顎下の贅肉《ぜいにく》を揺らしている。

真の眼前には、礬砂《どうさ》が引かれた襖紙と、念紙、上げ写し済みの薄美濃紙《うすみのし》が、順に重ねて置かれていた。その横には筆洗と硯《すずり》、雑巾《ぞうきん》、筆置きには使い込んだ筆が鎮座している。室内の不安と期待が、冬の薄い陽射《ひざ》しみたいに降り注いで、磨りたての闇色《やみいろ》の墨に吸い込まれている。

午後一時。胸が浅く上下する。呼吸によって入れ替わる酸素と二酸化炭素みたいに、緊張と冷静が絶え間なく身を出入りしている。

反対派の灰藤と瀬戸の淀《よど》んだ目が、鋭い眼光を放って、真の顔周りの空気を薄くした。

「それでは、始めてください」

人見の抑揚のない声を皮切りに、真は襖紙の上から念紙と薄美濃紙を取り去った。

「何してんの⁉」蔡の驚愕《きょうがく》する声が聞こえる。シッ、と窘《たしな》める土師の声も。

「今は静かに見守ろう」

真は念紙を背後に放《ほう》り、襖紙の横にフィルムを並べた。

骨描きをするには、まず、念紙を間に挟んで、薄美濃紙の線を襖紙に写す。次いで、襖紙に転写された線を、墨で描き起こす。

特別試験を受けると決めた直後、古橋から達示《たつし》があった。――試験時間は三時間。事前に転写を済ませた状態が望ましい。だが、急な開催のため、転写が間に合わなければ、転写の段階から開始しても良い。ただし、制限時間内に骨描きが終わる範囲のみとすること。

真が準備した襖紙は、白紙。全員が、転写から始まると思っただろう。

だが真は、場の戸惑いなどどこ吹く風で、墨を含ませた筆の穂先を白紙の上に運んだ。落ち着いた速度で、繊細に空気を掻《か》き分けながら。

似ないかもしれないと恐れる心は、なかった。指先は明日を摑《つか》む強さで、しっかりと筆管を握っている。

——自分は、あくまで平野雪香の代役である。

真の精神から自我が離れる。礼節が残る。穂先が紙に着地する。意識がとぷんと没入して無の境地に入るように、自然と右腕が動いた。

冠羽《かんう》の付け根から嘴《くちばし》へ、なだらかな胴体へ、迷いない筆捌《ふでさば》きで孔雀を描く。

骨描きは、彩色に必要な絵の輪郭線を作る工程だ。骨は輪郭線の意であり、骨描きは絵の骨格を成す。

骨密度の低い絵を、平野雪香は描かない。自分なりの創意を惜しみなく発揮し、緻密《ちみつ》に設計した絵を、磨いた技巧で描き上げた。

円《つぶ》らな瞳の線にしろ胴体の曲線にしろ、疎《おろそ》かにできる線は一つもなかった。平野雪香の筆遣いで線を引くうちに、三百年前に上がった花鳥図の産声《うぶごえ》が聴こえ始める。

平野雪香の手に、己の手が重なっていた。まるで一人の人間のように。この瞬間にしか生み出されない筆致が、一寸の狂いなく三百年前と同じ動きをする。

筋肉の緊張、呼吸のタイミング、眼球の動き、狩野派の流れを汲《く》む手首の返し方。筆先に掛かる圧力も、硯の平らな面で穂先を整える時間の長さも、真がトレースする平野雪香の無自覚の癖だ。夏と秋の狭間《はざま》で生じた微細な心の揺れですら、絵から筆先へと、逆に遡《さかのぼ》って真の身に流れ込む。

自分は今、想いが絵に込められた瞬間に立ち会っている。他の誰でもない、自分が、平野雪香の心を見つめている。そこに三百年という時の隔たりはなかった。

人の心は時代と共に黒ずんで、風化し、消えるものではない。心は、人が生きているから変質するのであり、絵に宿った深意は、作者の手を離れても変わることはない。

絵も、心も、ありのままに写す。見る者ではなく、作者の精神性を重んじる。この作者がいてこそ生まれた感動なのだと、後世に伝える。それが、模写の真髄だ。

やがて、三時間経ったことを知らせるアラーム音が、けたたましく鳴った。真は顔を上げた。

——試験終了。

頭部から描き始めた孔雀は、胴体の線を描き足している最中だった。たったの三時間では羽模様どころか、脚の鱗甲《りんこう》にも至らない。

(ここまでか。でも、以前の自分なら、三時間でここまで描けんかっただろうな)

全力は尽くした。

真は背を立て、筆を擱《お》いた。平野雪香の手と溶け合っていた真の手が、つるりと離れる。

刹那、張り詰めた空気が一気に解《ほど》けた。ぶはっ、と誰かが漫画みたいに大きく息を吐く。動揺と、それに共存する興奮が飛び散った。

「一旦《いったん》休憩してから、審査を行いましょうか」

「そうしよう。凄《すさ》まじい緊張感だった」

人見が提案し、福地が賛同した。

固唾《かたず》を呑《の》んで見守っていた蔡が、脱力したように椅子の背に凭《もた》れた。

「転写をすっ飛ばすから、びっくりしたー！」

「本当に。度胸がありすぎでしょ。ひとまずお疲れ様」

土師に労《ねぎら》われて、真の肩から力が抜ける。だが、気を抜くにはまだ早い。

「それが本当に写せているかを、今から確かめなければなりませんね」

振り返ると、人見が会心の笑みを浮かべて、立っている。

「土師君、蔡さん。これと同じ面の原本を持って来てください。急がなくて良いので、気を付けて運んで」

指示を出された二人が退室する。程なくして、原本の楓孔雀図が運ばれてきた。真が描いた模写の隣に並べられる。

油画科の教師陣も二羽の孔雀を囲む。灰藤と瀬戸のみならず古橋も、真の大胆なパフォーマンスを見て、その瞳に不信と焦燥の色を浮かべていた。

「まず、転写なしに行われた骨描きが、正確無比かを確認します」

人見が未完成の孔雀に薄美濃紙を重ねる。全員の目が集中する中、薄美濃紙に上げ写しされている線が、模写の線にぴったり重なった。人見が薄美濃紙を捲《めく》りながら、入念にすべての線を確認する。迷子もいなければ、蚯蚓《みみず》もおらず、骨折もしていない。

「次に、原本と比べて、筆跡の勢いや抑揚《よくよう》具合を確認します。これに違いがあれば、ニュアンスが損なわれていると判断します。先生方も、気になる部分があれば、ご指摘ください」

模写の真横にある原本に、全員が目を転じる。

汗でびっしょり濡れた真の腋《わき》が、ずんと冷えた。

灰藤は無表情にも見える真剣さで検分している。

棘《とげ》が生えたような長い沈黙の果てに、最初に顔を上げたのは、古橋だった。

「原本には経年劣化による変化がありますが、それを除けば、分裂したと思いたくなる完成度です。これを、あなたは何も見ずに描いた。覚えていたの？」

「……正直、成功するかは賭《か》けでした」

古橋が唖然《あぜん》として声を失う。福地が驚嘆した。

「神業だね。思わず、ときめいたよ。作品とは人生の足跡だ。その地点を過ぎれば、作者であろうと同じ絵の再現は難しい。だが、模写制作者は、作者が作品を描いた地点に留《とど》まって、写す。まさに『1を1』にする力だ。『0から1』との違いを見せつけられた」

人見が頷いた。

「それだけの練習をしたのです。真君の目標は日本画科への編入ではなく、自身をメンテナンスしながら、限りなく正解に近い模写を完成させることですから。真君の『0から1』は、復学後に期待しましょう」

人見が満足そうに真に笑いかけた。

「先月、骨描きしたものより、こちらのほうが、出来が良いようです。今から続きの線を引いて、仕上げましょう」

瀬戸が間髪を容《い》れずに割り込んだ。

「待ってください！　まだ審査結果は出ていません！」

人見が煩《わずら》わしそうに笑窪を消す。

「そうでした。早とちりでしたね。これを見て、まだ認めない方がいるとは思わなくて」

「まさしく。そのような者が我が校の中にいるとは、思えませんね。これなら、少しは人見教授のお役に立てるでしょう」

至近の距離で、灰藤のコントラバスのように渋い声が、安堵《あんど》の響きを洩《も》らす。瀬戸が閉口し、真の背筋がすっと伸びた。

くっ付きそうなほど近づいた肩甲骨の間で、高まる高揚に初めての感触を覚える。現実は、この瞬間から上り坂に変わった。かつてバンド・メンバーから外された時に味わった無力感と、他者の価値観に押し潰《つぶ》された苦痛は、今や身体中《からだじゅう》のどこを探しても見当たらない。

真は先刻まで筆を握っていた指を鉤爪《かぎづめ》にして、拳《こぶし》を握った。いつかまた困難にぶつかれば、抗《あらが》って、摑み取る。

「来年度は、この私、灰藤が君の担任になります。やればできる——は、今し方、把握しました。四月からの授業は、初めから全力以上で臨んでください。以前よりまともな人間になったようなので。今日のように印象に残る作品を期待します」

灰藤は真に淡々と告げると、慇懃《いんぎん》に福地に向き直った。

「これにて特別試験を終わりにしたいと思いますが、よろしいですか」

「結構です。そのほうが、彼らも作業時間を多く取れるでしょう」

福地は、土師、蔡、真の顔を順繰りに見て、激励の言葉を贈った。

「我が校が引き受けた受託研究は、個人蔵の想定復元模写です。この想定復元模写は、日下部さんの笑顔を引き出して完成となります。日下部さんに喜んでもらう日が、楽しみですね」

かつて平野雪香がそうだったように、真も同じ気持ちだった。作品を仕上げるために必要な執念が、油を注がれたみたいに燃えている。風前の灯《ともしび》だったものが、よくここまで戻ったものだと感慨深かった。

筆を握った手に、二本目を、持つ。

納期まで、残り一ヶ月半。余裕はない。だが、厳しい現実を前に、真は不思議と笑っていられた。

終章　花鳥図

一

三月十五日、午前十時。静寂に満ちた日曜日の実習室にて。真は金泥《きんでい》の絵皿に筆の穂先を浸しながら、自身の毛穴からも同じ金泥が滲《にじ》み出ているように感じていた。

正確には、焼き付けをした後の灰汁《あく》だ。お湯で溶かした後の上澄みが、汗の玉になって、べったり肌に張り付いている。

何度か灰汁抜きをした金泥は、発色が良くなるので、線を輝かせる目的で使う。真は午前八時に登校して、せっせと準備した金泥を、面相筆《めんそうふで》の先で一本一本、孔雀《くじやく》に植毛していた。

正午まで、あと二時間。誰《だれ》も来ないはずの実習室に、気配が近づく。誰かが真を驚かせないように配慮して、そうっ、と実習室の扉を開けた。

「おはよーう。どう、終わりそう？」

土師だった。着古したミリタリーデザインのセットアップを着ている。トレーナー姿の真と同じで、フードや紐《ひも》がない、動きやすさを重視した服装だ。

納品日当日、午後一時に花鳥図十二面を搬出する予定になっている。十一面は完成して、保存用のスキャニングまで終わっている。だが、真の楓《かえで》孔雀図の一面だけが完成していなかった。

特別試験があったせいで、土師と蔡より作業が遅れていた。月曜日に居残って終わらせても良かったが、集中力がいる毛描きを、疲労が溜《た》まった状態でやりたくなかった。

「あと少しで終わります。乾燥させて、スキャンをしても、余裕があります。もしかして、心配して早めに来てくれたんですか?」

「そう。時間に追われる感覚って、慣れてないと辛《つら》いでしょ。もしストレスが溜まってたら替わろうかと思って、様子を見に来た」

さりげなく汗《あせ》拭《ふ》きシートを差し出すような気遣いだった。汗でべたついていた首元が、今の言葉でサラッと拭《ぬぐ》われた。

「大丈夫そうだね」と、土師が完成間際の孔雀を見下す。上着のポケットから出したホット・コーヒーの缶を、真に差し出した。

真は缶の熱で指先を温めて、作業を再開した。土師が傍《そば》で見守るが、今はもう、視線一つで気が散ったりしない。あるのは、見守られている安心感だ。

穂先に絵具を付け直しながら、不意に、絵皿で蝌斗《おたまじやくし》みたいに泳ぐ金泥の粒子を目に焼き付けた。終わらせなければいけないという確固たる意志で筆を進めていた。ところが、あと少しで終わると自覚した途端、急に寂しさで腕が止まった。

だが、束《つか》の間《ま》の静止だった。

絵皿の縁《ふち》で余分な絵具を刮《こそ》ぎ、一本ずつ克明に描き加える。莫大《ばくだい》なカロリーを消費して、汗を流しながら没頭する感覚は、命の輪郭が輝く実感だ。終わらせてこそ執念は転生し、蛹《さなぎ》は蝶《ちょう》に変態する。次にこの感覚を味わうときは、自分の作品を仕上げるときである。

「——終わりました。土師さん、見てもらえますか」

隣に置いた原本と、毛の密度に差がないかを、他人の目を借りて確認する。

「良いと思う。精密機械並みの正確さだね。本物の孔雀を触った経験はないけど、体表の質感や体温がダイレクトに伝わってくるようだよ」

「では、これで完成とします。……でも、正直、終わった実感が湧《わ》いて来ないです」

「僕もだよ。まだ花鳥図の全体を見てないし、実際に、日下部さん家《ち》の和室でどう見えるかを確認しないと、手放しに安心できないよね」

「並べて、俺《おれ》のところだけ幸が薄そうなオーラを放ってたら、どうしよう」

「大丈夫でしょ。自信を持とうよ。三人でこまめに調整しながら描いてたじゃん。どう雪香が描いたように見せるか、この十ヶ月間、寝ても覚めても、僕たちはそればかりを考えていた。僕ら以上に雪香を理解している人間は、この世にいないよ」

励ますように、土師が真の肩を叩《たた》く。意識的に、土師自身にも自信を与えるような仕草だった。最年長として模写チームを牽引《けんいん》した土師も、復元模写は、今回が初めての経験だ。抱いていた不安と緊張は、真と種類が違えども、同様に大きかっただろう。

真は、危ない遊びを提案する声の低さで囁《ささや》いた。

「まだ人見先生と蔡さんが来てないですけど、先に並べちゃいます……？　どうせ納品前に最終確認をしなきゃいけないですよね」

土師の細い目がじわじわ開かれる。この顔がどういう心理で動いているかを、真は読み取れるようになっていた。

「まったく君って奴《やつ》は……やろう」

真は乗り気な土師と、手早く十二面を並べた。

土師の顔が綻《ほころ》ぶ。

「幸が薄いだなんて、とんでもないね。これまでの十ヶ月間が、胸の中で輝きそうだ」

真も頷《うなず》いて、視界に入り切らない十二面に、圧倒された。

「壮観やなあ。思った以上に、めっちゃええやん。……僕は、これを見たかったんよ」

しきりに感心する声は、真でも土師のものでもなかった。搬出時に集合するはずの凜太郎が、入口に立って、目を細めている。

早く来た理由を尋ねる前に、凜太郎が照れ臭そうに言い訳した。

「家におっても、そわそわして、落ち着かんくてな。早いけど、来てしもうた。僕以外にも抜け駆けしとるもんがおったし、悩まずに来て正解やったわ」

凜太郎が真の隣に立つ。少しの間、凜太郎は無言で花鳥図に見入っていた。

「ほんまに偉いなあ。最後までやり切ってくれて、ありがとう」

打って変わって、情感の籠《こ》もった声だった。真と変わらない大きさの手が、真の頭をぐりぐり撫《な》でる。子供の時分以来の久しい揺れが襲い、心の奥深いところまでが一緒に大きく揺れた。

慈しむ気持ちがあふれている凜太郎の顔を見て、真の胸が熱くなる。

こんな所で言って良いのか、分からない。でも、気付けば、真は今まで言えずにいた胸の裡《うち》を、打ち明けていた。

「人見先生から、凜太郎君が俺を助手にした理由を聞いた。俺と父さんの間に距離があったのは、凜太郎君がいたからじゃない。父さんを画家だと認められなかった、馬鹿な俺がいたからだ。……ごめん。今までそんな風に思わせていたなんて、知らなくて――」

凜太郎が、真の言を遮る。

「馬鹿は言い過ぎ。ちゃんとここまで歩み寄ったお前は、馬鹿やないやろ。おかげで僕も、叔父さんに顔向けできる」

凜太郎が再び花鳥図に目を向ける。

「こういう復元模写はな、本気でやろうとしたら、心の強い人しかやり遂げられんようになってんねん。心が弱かったり、不誠実やったり、他人に興味がなかったりすると、作品の一割も理解できんで終わる。自分に何も還《かえ》ってこん」

「とても難しかった。作品を再構築するために必要な合理性や、日本画の技法の修得も。自分の短所を、嫌でも痛感させられた」

「そういう言葉が出てくるんは、自分に向き合いながら真摯《しんし》に取り組んだ証拠や。乗り越えたもんだけが言える。ようやったな」

ようやった――おそらくその賞賛は、凜太郎が父に言われたくて堪《たま》らなかった言葉のはずだった。同じ保存修復の道に進んだ凜太郎が、これからという時に父は亡くなった。心にぽっかり空いた穴を、凜太郎は五年間、一人で抱え続けた。

「実を言うとな、時間が経《た》てば、真はそのうち外に出る、って分かっとったんや。なんやかんや、描き続けよったやろ。ほんまに助けが必要な奴は、一見、助けんで良いように振る舞う。何事もなかったように、一分一秒をやり過ごす。やり過ごせなくなるまで誰にも気付かせん。……そう、人見先生に指摘された。ほんまに危ないんは、僕やった」

苦笑する凜太郎の横顔を、真は凝視した。父が亡くなっても、凜太郎は気落ちせずに邁進《まいしん》しているように見えた。それを真は、大人だから、のひと言で片付けて、気にも懸けなかった。

「やから抱えとったもんを、全部、打ち明けたんよ。自分のためです、って。そしたら人見先生は、それで君の心が守られるのなら、参加を認めましょう――言うて、受け入れてくれたんや。

これは、僕のエゴに付き合わせた結果や。真が謝る必要は、ないねん」

なぜ人見が凜太郎の無責任とも言える頼みを聞き入れたのか、腑《ふ》に落ちた。最初から人見は、凜太郎のために真に手を差し伸べた。週に一回の凜太郎の指導は、かつて凜太郎が父と過ごした時間を、真に返すための罪滅ぼしのつもりだったのだろう。

「ほんまに、ありがとう」

凜太郎が清々したように破顔するから、真はあふれる涙を抑えられなかった。涙に溺《おぼ》れる視界の向こうに、花鳥図が誇らかに輝いて見える。

それぞれの守りたい気持ちが交錯して完成した十二面だった。得体の知れないものはなく、最初から最後まで、良いものだけが詰め込まれている。

その中に、限りなく本物に近くても、原本にはない価値が、この復元模写には存在していた。模写を手掛けた者にだけ意味を持つ、特別な価値である。

「俺のほうこそ、ありがとう」

凜太郎の温かな手が、真の肩を抱く。凜太郎の全身から、これ以上ないような嬉《うれ》しい匂《にお》いがして、真の身を包んだ。

その時、扉が開いて、無邪気な声が飛んできた。

「真、終わった⁉ って、みんな、来てたの⁉ 絶対、土師さんより早いと思ったのに――……何、どういう状況？ 私、何かやった……？」

また自分が泣かしたのかと勘違いした蔡が、オロオロし始める。真は涙を拭うと、顔をくしゃくしゃにして笑った。

二

お世辞にも麗《うら》らかとは言い難い春の強い陽射《ひざ》しが、燦々《さんさん》と京都の街に降り注いでいる。夏を彷彿《ほうふつ》とさせる照り返しが、刃物みたいに瞳孔《どうこう》を貫いた。一切の紫外線を浴びずに完成した花鳥図には強すぎる陽光だが、門出と思うと、この上ない好天である。

搬出の際、花鳥図は、絵が擦《す》れないように一面ずつ厳重に梱包《こんぽう》された。原本が大学に運ばれて来たときは、単にブルーシートに包まれた状態で、トラックの荷台に載せられていた。今回は、大学御用達《ごようたし》の運送業者が、美術品専用車で慎重に日下部邸まで運んだ。

日下部家には、真、土師、蔡、凜太郎、人見の五人で赴いた。

以前、真らが訪ねた時は、まだ基礎工事の段階で、見通しが良かった。当時はどんな家になるのか、皆目、見当が付かなかった。だが、現在は、和モダンな外観の二階建てが新築の顔をして堂々と建っている。

日下部は花鳥図の到着を、外で日に焼けながら待っていた。

「この日を心待ちにしていました。待ち侘《わ》びて、朝から何度も大学に伺おうとしては、我慢していたんですよ」

笑顔で出迎えた日下部は、逸《はや》る気持ちを抑え切れずに、饒舌《じょうぜつ》だった。家の中を案内しながら、

「和室は二階です。二階の部屋は全部、襖絵《ふすまえ》のために設計されています」

西は押入れ、南は砂壁と片引き戸、北はフローリングの部屋が続いており、東は窓との間に縁側のような狭い廊下が作られている。

「窓がないのも困るので、あえて作りました。特にこれといった用途のないスペースです」

日下部が上機嫌で拘《こだわ》りを披露する。襖中心の間取りを注文された建築士は、さぞ自分のセンスを試されていると思っただろう。

「窓には遮光のカーテンを付けたので、襖が焼ける心配は低いと思います。襖の受け入れ準備は万全です」

押入れと間仕切りの襖がない状態の和室は、開放的のひと言に尽きた。だが、押入れの中が丸見えなのは、見栄えがしない。

人見の清《さや》かな声が、真新しい畳の上に落ちて、真らの胸に跳ね返る。

「それでは、最後の工程に入りましょう。順番を間違えないように、二人一組で、気を付けながら襖を取り付けてください」

新居に特有の建材の匂いが漂う中、真らは白い手袋をして、襖の梱包を外した。真は凜太郎と組んで、西の端から取り付け始めた。土師と蔡は東の端からだ。

「私もお手伝いします」と、日下部が申し出たが、
「とんでもない。こういうのは、初見のインパクトが大事です。日下部さんは、あちらでお待ちください」

詐欺師めいた微笑を浮かべた人見に言いくるめられて、日下部は和室から閉め出された。

戸惑いながらも期待に満ちた様子で出て行く日下部を見て、真はじわりと緊張の汗を掻《か》いた。手が止まり、「どないした？」尋ねる凛太郎の手元で襖が傾く。

「ちょっと、思い出しちゃって……。ライブが始まる前、楽しそうにしてる観客を見て、自分のパフォーマンスで白けさせたらどうしよう、って不安になってた。バンドの演奏は最高だし、俺一人の失敗で、ステージが台無しになったりはしないんだけど。自分の力で今以上に楽しんでくれるかを、毎回、考えてた」

「観客の反応を気にするから、不安になってしまうんやろ」

「でも、見ちゃうんだよ。不安になるけど、一人でも楽しみにしてる人がいると分かると、凄く嬉しくもなる。始まる前からイイネを押されてるみたいでさ。期待を裏切りたくないと思った。……まあ、あの頃《ころ》は間借りしてるような作風だったから、自分の力も何もあったもんじゃなかったんやけど」

「今はどうなん？　日下部さんは間違いなくイイネしてくれるで」

「自信が、たくさん。不安が、ちょっと。期待のドキドキが、たくさん」

真は恥じらいがちに打ち明ける。あるはずのなかった感情の比率も、心が復《ふく》した現在だから抱けた。

「真っ先に自信が出たのはええこっちゃ。でも、初心忘るべからず、やで。自分のテーマを見つけて、作品が売れるようになっても、今の気持ちを覚えとこうな」

凜太郎の声が優しく胸に触れる。真は頷いた。

「ちょっとォ！　そっち進んでないじゃん！　こっちはもう四面、終わったよ！　嵌《は》めるの、半分ずつだからね！」

「ああもう、麗華ちゃんってば。そんな急《せ》かすような言い方しないの」

蔡に見咎《みとが》められて、真と凜太郎は作業を再開した。交わす言葉も、一緒に作品を丁寧に取り付ける時間も、真にとっては、大事な仕上げとなった。

結局、最後に取り付けた襖は、最後に完成した楓孔雀図だった。

五人とも、壁際に佇《たたず》んで、本来の位置に正しく収まった壮麗な花鳥図を見渡す。

「それでは、日下部さんをお呼びしましょう」

人見が引き戸を開けて、日下部が和室に足を踏み入れた。

「凄《すご》い……これが、あの襖のあるべき姿なんですね。ようやく見ることができた……」

日下部が恍惚《こうこつ》とした表情で、花鳥図に近づく。

始まりは、春だった。麗らかな陽射しを受けて咲く満開の桜。零《こぼ》れるように咲き誇る躑躅《つつじ》からは、その甘やかな匂いが伝わる。花吹雪《はなふぶき》に翻弄《ほんろう》される雉子《きじ》の足音と、鷲《わし》の猛々《たけだけ》しい一声《いっせい》を、鼓膜はしかと掬《すく》い取る。蒼松《そうしょう》の悠久の美は、花鳥図の存在をなにより際立たせるものだった。

季節は流れ、孔雀が羽を広げる瞬間を、目にした者は今か今かと心待ちにする。その間に、楓の移り変わる色彩に刹那《せつな》を感じる。秋草のひんやりした冷たさに触れたくて、仰向《あおむ》けに寝転がりたい気持ちが、むくむく育つ。

やがて、難を転じるから南天《なんてん》なんだよ、と蘊蓄《うんちく》を垂れ、しんしんと雪の降る世界に耳を傾ける。静寂が白く凍りついて、丹頂鶴《たんちょうづる》が雪を踏みしめる微《かす》かな音すら聞こえる。

もしかしたら目に見えない神様が、無数の粒子で構成された吉祥を、雪松の陰からさらに素敵にしているのかもしれない。

真は、日下部が思い出の品に心を奪われる瞬間を、目《ま》の当たりにした。

三百年前も、きっと平野雪香は、ここで日下部家の人々の笑顔を見た。挫《くじ》けかけた心に勇気を与え、自らも未来の扉が開く手応《てごた》えを感じた。真は自分と平野雪香の目を通して、その光景を二重に見ていた。

「綺麗《きれい》だ」

真は独り言のように呟《つぶや》いた。空間のすべてが、美しい。

心の底から満ち足りた感情が湧く。これまで感じたことのないほどに穏やかで、幸福にも勝《まさ》る感情だ。温かで、幾重にも塗り重ねた胡粉《ごふん》のように深く、清らかに広がる。

原本を初めて見て、触れたときには感じなかったものを、真は見つけていた。それは、大事な人との繋《つな》がりや、新しい出会い、写すという行為で結ばれた幾つもの運命の中にあった。避けていた領域への襖を開けて、膠《にかわ》の匂いに巻かれなければ、けっして知り得なかった。

――見苦しくなったものの中からでも、綺麗なものが見つかる。

本当に、人見の言った通りだった。真価は、真の心に真珠のように転がり落ちた。

日下部が襖を間近に巡り、胡粉の雫《しずく》を振り撒《ま》いた吹雪を、追憶を湛《たた》えた目で見つめる。遠い記憶の中に眠る青白い鶴を、思い返しているのだろう。夢に見た鮮やかな襖と重ねているのかもしれない。

日下部はゆっくり一周した後、真らの前で足を止めた。

「先祖が味わった感動を、こうして知ることができて、感無量です。本当に、ありがとうございました」

目に涙を浮かべて、朗らかに笑う。感極まった声は、原本の持つ感動が余さず写された証左だと確信する。

土師が一歩、前に出た。

「僕たちも、この襖絵に出会って、とても意味のある時間を過ごせました。僕は来月から博士課程に進むのですが、この経験を活《い》かして、次の復元模写に取り組もうと思います」

「私も、参加して良かった、と心から思っています。自分の色数が増えたような、濃厚な経験でした」

蔡がとびきりの笑顔で「真もだよね」顔を覗《のぞ》き込む。

「はい」と、真は首肯した。

「この模写チームのメンバーになる前、俺は大学を辞めようと考えていました。でも、四月からスタート地点に立ち返って、油画で再出発します。日下部さんの襖絵は、鏡以上に俺を映して、多くを教えてくれましたから」

感銘を受けた経験だった。自分の素性を知って、進みたい道に踏み出す勇気を得た。いつか記憶が埃《ほこり》を被《かぶ》って、薄汚れても、本質は綺麗なまま、一生、真の中に残り続けるだろう。

「頑張ってください。あなた方の進む道は、きっと素晴らしいものになります。だって、私をこんなにも嬉しい気持ちにさせてくれたんですから。あなた方が描く絵は、これから多くの人を幸せにします」

力強い口調が大袈裟《おおげさ》で、つい、笑ってしまった。でも、遠い昔に忘れていた感覚が蘇《よみがえ》るみたいに、不思議と力が漲《みなぎ》ってくる。真は絶大な達成感を噛《か》み締めた。また一つ、父を知ったように思う。

人見が「皆さん」と穏やかに話し掛ける。

「あと一つ、この襖絵の楽しみ方があります。襖を取り付けている間に、あちらの窓を開けておきました」

人見が凜太郎と共に、北の襖を両側から開く。すっ、となめらかな音がして、隣り合っていた孔雀と蒼松の間から光があふれた。

暖かな春風が、部屋一杯に吹き込んでくる。花鳥図と一緒に真の髪もなびいた。

三百年前から吹き続いているような風を正面に受けて、真は目を閉じた。

「ええ風やなあ」と、凜太郎の声がした。

〈主要参考文献〉

『図解　日本画用語辞典』平山郁夫・渡邊明義・髙田倭男・田渕俊夫・宮廻正明（監修）　東京藝術大学大学院文化財保存学日本画研究室（編集）　東京美術
『図解　日本画の伝統と継承――素材・模写・修復――』東京芸術大学大学院文化財保存学日本画研究室（編集）　東京美術
『日本画と材料――近代に創られた伝統』荒井経　武蔵野美術大学出版局
『現代語訳　丹青指南　幻の技術書が今蘇る！狩野派が伝える日本画彩色の秘伝』市川守静　編　誰でも日本画教室　訳註　代表　深町聡美
『すぐわかる寺院別障壁画の見かた』宮元健次　東京美術
『もっと知りたい狩野派　探幽と江戸狩野派』安村敏信　東京美術
『もっと知りたい狩野永徳と京狩野』成澤勝嗣　東京美術
『日本絵画の見方』榊原悟　角川選書
『日本画の道標　安原成美下図集』安原成美　日貿出版社
『花鳥・山水画を読み解く――中国絵画の意味』宮崎法子　ちくま学芸文庫
『中国絵画史事典』王伯敏著　遠藤光一訳　雄山閣

引用資料　満足稲荷神社

本書は、第16回角川春樹小説賞受賞作品「真令和復元図」を、タイトルを変更し加筆・修正いたしました。

著者略歴

愛野史香〈あいの・ふみか〉
1992年佐賀県嬉野市生まれ・在住。福岡大学薬学部を卒業し、現在薬剤師として勤務している。2024年、第16回角川春樹小説賞を北方謙三、今野敏、今村翔吾、角川春樹、選考委員満場一致の大激賞で受賞。受賞時は桜田光のペンネームで『真令和復元図』というタイトルであった。

Kadokawa Haruki Corporation

愛野 史香

あの日《ひ》の風《かぜ》を描《えが》く

*

2024年10月18日第一刷発行

発行者 角川春樹
発行所 株式会社 角川春樹事務所
〒102-0074 東京都千代田区九段南2-1-30 イタリア文化会館ビル
電話03-3263-5881(営業) 03-3263-5247(編集)
印刷・製本 中央精版印刷株式会社

定価はカバーに表示してあります。落丁・乱丁はお取り替えいたします。
ISBN978-4-7584-1474-6 C0093
http://www.kadokawaharuki.co.jp/

第17回 角川春樹小説賞

応募規定

（選考委員）

北方謙三　今野 敏　今村翔吾　角川春樹

（主　催）

角川春樹事務所

募集内容 **エンターテインメント全般**（ミステリー、時代小説、ホラー、ファンタジー、SF 他）

応募資格 **プロ、アマ問わず、未発表長篇に限る。**

賞 **賞金100万円**（他に単行本化の際に印税）**及び、記念品**

原稿規定 400字詰原稿用紙で300枚以上550枚以下。
応募原稿はワープロ原稿が望ましい。その場合、ワープロ原稿は必ず1行30字×20～40行で作成し、A4判のマス目のない紙に縦書きで印字し、原稿には必ず、通し番号（ページ数）を入れて下さい。また、原稿の表紙に、タイトル、氏名（ペンネームの場合は本名も）、年齢、住所、電話番号、略歴、400字詰原稿用紙換算枚数を明記し、必ず800字～1200字程度の梗概をつけて下さい。なお、応募作品は返却いたしませんので、必ずお手許にコピーを残して下さい。

締切 **2024年11月15日（金）当日消印有効**

発表 **2025年6月上旬予定**（小社ホームページ、PR誌「ランティエ」他）

応募先 〒102-0074　東京都千代田区九段南2-1-30 イタリア文化会館ビル
角川春樹事務所「角川春樹小説賞」事務局

※ 受賞作品の出版化権、二次的使用権は角川春樹事務所に帰属し、作品は角川春樹事務所より刊行されます。映像化権（テレビ・映画・ビデオ・ゲーム等）は、契約時より5年間は角川春樹事務所に帰属します。
※ 選考に関する問い合わせには、一切応じられませんので、ご了承下さい。
※ 応募された方の個人情報は厳重に管理し、本賞以外の目的に利用することはありません。